PAUL DE JULVÉCOURT.

LE FAUBOURG SAINT-GERMAIN-MOSCOVITE.

Deuxième livraison.

LES

RUSSES A PARIS

2

Publié par HIPPOLYTE SOUVERAIN, éditeur.
RUE DES BEAUX-ARTS, 5.

LES

RUSSES A PARIS.

CHEZ LE MÊME ÉDITEUR.

par Paul de Julvécourt.

LE FAUBOURG SAINT-GERMAIN MOSCOVITE.
  Première partie : **NASTASIE**, 2 vol. in-8 . . . . . 15 »
  Seconde partie : **LES RUSSES A PARIS**, 2 vol. in-8. 15 »
    Sous presse :
  Troisième partie : **LE CHEVALIER-GARDE**, 2 v. in-8. » »
  Quatrième partie : **LA BOHÉMIENNE DE NIJNEY**,
    2 vol. in-8 . . . . » »

FLEURS D'HIVER, POÉSIE, 1 vol. in-8 . . . . . . 6 »

par Jules Lecomte.

LA MARQUISE INVISIBLE, 2 vol. in-8 . . . . . 15 »
AVENTURES GALANTES D'UN TENOR ITALIEN. 15 »
BRAS DE FER, 2 vol. in-8 . . . . 15 »
L'ILE DE LA TORTUE, 2 vol. in-8 . . . . . . 15 »
LES SMOGGLERS, 2 vol. in-8 . . . . 15 »
FOLIES PARISIENNES, 2 vol. in-8 . . . . . . 15 »
UNE JEUNESSE ORAGEUSE, 2 vol. in-8 . . . 15 »

par Frédéric Soulié.

HUIT JOURS AU CHATEAU, *sous presse* . . . .
LE BANANIER, 3 vol. in-8 . . . . 24 »
LE CHATEAU DE WALSTEIN, 3 vol. in-8 . . . . 24 »
AMOURS FRANÇAISES, 1 vol. in-8, avec portrait. . 8 »
THEATRE COMPLET, TRAGÉDIES, DRAMES, OPÉRAS. 4 in-8. 30 »
CONFESSION GÉNÉRALE, 4 vol. in-8 . . . . . 32 »
LE MAITRE D'ECOLE, 2 vol. in-8 . . . . 16 »
L'HOMME DE LETTRES, 3 vol. in-8 . . . . . . 22 50
DEUX SÉJOURS, 2 vol. in-8 . . . . 16 »
DIANE ET LOUISE, 2 vol. in-8 . . . . 16 »
LE LION AMOUREUX, (faisant partie du *Foyer de l'Opéra*,
  deuxième livraison.) 2 vol. in-8 . . . . 15 »

par Paul de Kock.

JENNY ou **LES TROIS MARCHÉS AUX FLEURS**
  (faisant partie du *Foyer de l'Opéra*, troisième livraison).
  2 vol. in-8 . . . . 15 »
L'AMOUREUX TRANSI, *sous presse*. . . . .
CE MONSIEUR, 3 vol. in-8 . . . . 24 »
MON AMI PIFFARD, *Sous presse* . . . .

ROMANS DU CŒUR, par H. de Balzac, Léon Gozlan,
  Théophile Gautier, Alphonse Karr, Ch. Lassailly, etc. 2 v. in-8.
UNE ARABESQUE, par Roger de Beauvoir, Alphonse Royer,
  Amédée de Bast, Paul de Musset, F. Wey, Léon Halevy, Achard,
  Esquiros, Janety, P. Granal, Mme Gatti de Gamond. 2 vol. in-8. 15 »

par George Sand.

MELCHIOR. — MOUNY-ROBIN, (faisant partie du *Foyer
  de l'Opéra*, quatrième livraison), 2 vol. in-8 . . . . . 15 »
MAJORQUE (UN HIVER A) 2 vol. in-8 . . . . 15 »

par Michel Masson.

SOUVENIRS D'UN ENFANT DU PEUPLE (tome 8). 7 50
UN AMOUR PERDU, 2 vol. in-8 . . . . 15 »
ROSE HIMMEL, 1 vol. in-8 . . . . 7 50

Sceaux. Impr. E. Dépée.

LE FAUBOURG SAINT-GERMAIN MOSCOVITE.

LES

RUSSES A PARIS

PAR

PAUL DE JULVÉCOURT.

2

PARIS,

HIPPOLYTE SOUVERAIN, ÉDITEUR

de F. Soulié, H. de Balzac, G. Sand, Paul de Kock, J. Lecomte, A. Brot, etc.

Rue des Beaux-Arts, 5.

1843

⊷❀ XI ❀⊶

II   1

Le Bal masqué.

XI

Où êtes-vous nos anciens bals masqués?
bals masqués de nos beaux jours, de notre
heureux temps d'amabilité et de galanterie ! bals masqués où l'intrigue jouait le
premier rôle, où le bon ton était seul en
faveur, et où l'esprit régnait avec la grâce !

Où êtes-vous? où vous retrouver, vous, qui ne pouviez vivre ailleurs que chez nous, et par nous; vous qui étiez notre plus charmante création de plaisir ! Pourquoi nous avoir abandonnés? pourquoi nous avoir dit adieu? Ou bien plutôt : n'est-ce pas nous, ingrats et insouciants, qui vous avons laissés là, pour courir après je ne sais quels amusements bruyants, usurpateurs de votre nom et de votre palais ! N'est-ce pas notre caractère, dont le souffle des révolutions a terni l'éclat brillant et léger, qui n'est plus digne de vous, qui ne sait plus vous comprendre!.. Le siècle d'argent et d'égoïsme a modifié nos idées; nous ne sommes plus ces Français d'autrefois, vieillissant de corps, mais jamais de cœur, et poursuivant leur jeunesse jusqu'à la mort; nous croyons savoir mieux vivre et vivre plus long-temps, en nous faisant raisonnables avant l'âge, nous ne

connaissons plus l'art du plaisir, nous n'a-
vons même plus tradition de ses nuances
si fières, si délicates, si exquises, dont le
secret n'était qu'à nous ; et quand aujour-
d'hui il nous prend fantaisie de sortir de
nos tourments de bourse ou de politique,
nous arrivons à toute fête, ignorants, dé-
paysés, et ce n'est qu'à force de bruit et
de tapage que nous parvenons à nous créer
des joies factices, des joies sans goût, sans
intelligence, des joies dont la matière fait
seule tous les frais !

Ainsi, qu'il nous vienne en pensée un
de ces soirs, en sortant d'un raoût d'ambassade, d'aller passer une heure au bal de
l'Opéra, nous nous trouvons tout-à-coup
transportés dans je ne sais quel monde, —
un monde inoui, un monde d'hommes et de
femmes qui ne sont ni fous ni folles, mais
qui n'ont plus leur bon sens, un monde

que la révolution de 1850 a conquis à la
France, mais qui ne sera jamais Français !
— C'est quelque chose comme les îles Mar-
quises, qu'a découvertes je ne sais quel ami-
ral, et dont Paris voudrait en vain se faire
un ornement. Cette parure ne lui va pas,
sied mal à son front, et il ne lui faudra pas
quatre ans encore pour qu'elle la rejette et
l'abandonne à jamais !

Voyez d'abord à la porte, cette foule immense qui se presse, qui se pousse, qui se
rue afin de prendre possession de cette nouvelle terre promise. C'est une colonne inquiète, bruyante, agitée, mal contenue
entre ses barrières de bois, et si compacte,
si serrée, qu'on dirait un seul et même
être, quelque serpent bizarre, monstrueux,
à mille voix, à mille têtes, et se mordant,
se déchirant avec rage. Enfin voilà cette

chose vivante et sans nom qui s'écoule ;
elle pénètre dans l'enceinte, et profitant de
l'espace , elle se divise en une infinité de
branches, escalade, envahit tout, monte au
premier, au second, au troisième, au dernier étage, et en moins de quelques secondes , ne laisse plus une petite place inoc-
cupée. C'est un moment terrible et effrayant
à voir !

C'est la mer qui prend son niveau.

Et alors, quel coup-d'œil, quel spectacle !
La poésie, pour un instant, vient en couvrir
de ses voiles les ignobles détails , et présente au regard étonné un ensemble
éblouissant et merveilleux. — L'Opéra de
nos souvenirs, c'est un couvent féerie , où
fourmillent des nuées de petites religieuses
toutes noires, courant, glissant de tous
côtés , et cela au milieu d'un déluge
d'abbés coquets et galants , qu'elles con-

fessent et auxquels elles vont se confesser
tour à tour; et ce tableau a quelque chose
de mystérieux qui charme, séduit et jette
l'esprit dans une curiosité maligne ou amoureuse! — Mais l'Opéra où nous sommes,
c'est l'image d'un palais magnifique, pris
d'assaut par un peuple en délire, et qui,
revêtu des dépouilles de l'ennemi, y célèbre
sa victoire. — Il y eut un jour, un jour de
terrible mémoire, où le peuple, fit irruption
aux Tuileries, et après en avoir chassé les
maîtres, s'affubla bizarrement de leurs costumes de fêtes, et vint sous cette mascarade
danser la carmagnole devant le trône. — Eh
bien! on se croirait ici à une autre représen-
tation de ce drame. Il n'est pas joué sans
doute dans des proportions aussi colossales
et aussi terribles, mais on y retrouve le ca-
chet révolutionnaire, et toute la pompe tri-
viale et inimitable de notre *sainte canaille.*

Aux Tuileries, c'était le héros de juillet dans
le travail, à l'Opéra, c'est le héros de juillet
dans le plaisir; — là-bas, il était ivre de
liberté; ici, il est ivre de vin. — Sa carmagnole de là-bas, c'est ici la chahut; son
trône, c'est le fauteuil de Musard!

Et vraiment, il faut avoir assisté une fois
dans sa vie à une de ces solennités! Il faut
avoir plané du haut d'une loge sur cette
masse innombrable, bariolée de milles couleurs, ridiculement belle de ses oripeaux,
éloquente et railleuse par son cynique mé-
lange des costumes aristocratiques et po-
pulaciers. Il faut avoir vu ces hommes et
ces femmes, faits sauvages par la grâce
de l'orgie, le haillon sur les épaules et la
couronne sur la tête, dansant, sautant, tré-
pignant avec une sorte de rage et de fureur,
hurlant des chansons obscènes, s'injuriant

le rire à la bouche, et se vautrant lés uns
sur les autres avec d'impurs baisers et
d'horribles malédictions! C'est la confusion
de toutes choses, c'est l'égalité vue à nu!
c'est la société telle que le siècle l'a faite,
c'est le cahos sous les formes du plaisir!!

Du reste, il n'y a pas à dire que personne
ne va à ce spectacle sans nom. Le monde
(notre monde, si vous voulez)! est curieux
aujourd'hui de toutes les ignominies, de
tous les mystères de bas étage, et sans cesse
il se glisse, masqué jusqu'aux dents il est
vrai, au plus épais de ces orgies populai-
res. — Demain, il fulminera tout haut
contre de pareilles saturnales; ce soir, il
les applaudira tout bas!

Et à cette nuit-même, où nous sommes,
en voilà de ce monde, et en grand nombre,
encore... il est là, un peu partout, beaucoup

dans les loges, dans les secondes, surtout ;
il est au foyer, dans les corridors, sur les
escaliers ! il est facile à reconnaître, ses
femmes ont l'éloquence d'un pied bien
chaussé, d'une main bien gantée, et ses
hommes le masque du blasé et l'impertinence de l'esprit.

Il est une heure à l'horloge ; la place fashionnable, c'est-à-dire cet espace entre les
trois portes d'entrée du foyer, est occupée
par messieurs du Jockey et les Serpentines
les plus en renom. Ils sont tous là, assis les
jambes pendantes sur le grand coffre ; c'est
le groupe aréopage du bal, qui décide et
juge en dernier ressort de tout ce qui passe
en monde Saint-Germain, Chaussée d'Antin,
ou chiquard ; aucun n'échappe à son tribu-
nal, et les plus illustres de la blague osent
à peine s'aventurer dans leurs parages.

— Sais-tu bien, mon petit Alfred, que

ce soir le domino ne donne pas mal, dit un masque élégant, appuyé négligemment sur les genoux d'un joli garçon de vingt-deux ans à peine, et siégeant déjà parmi les plus roués, — il serait curieux de le voir à son tour envahir la place que lui ont volé les titis et les malins !

— Nos duchesses s'ennuient de leur vertueuse inaction, et commencent à se former, grasseya l'enfant gâté du ton le plus coquin, et en passant sa main sur la taille de sa divine ; — Nous ne venons plus chez elles, elles viennent chez nous ; nous nous encanaillons, elles s'encanaillent !

— Que ça de jabot, petit chiffon de quatre sols, lança alors en passant un débardeur de dix-sept ans, fraîche comme une rose sous sa perruque poudrée et son bonnet de travers, gentille à croquer avec son pantalon en velours noir à bandes rou-

ges, et boutons d'acier, et sa chemise plis-
sée, qui dessine une gorge à se rire de tout
corset.

— On t'en fournira de ces amours-là,
ma mie, reprit le masque avec ironie;
cours après ton pompier, tu brûles, il va
t'éteindre!

— Voyez-vous c'te grande dame, qui se
mêle d'engueuler son monde, cria en s'arrêtant et en se posant sur la hanche la jolie gaillarde; attends que je me débarrasse
de mon même, et je jure par ma queue
que je t'en fais une.

Et la voilà qui imite avec ses doigts une
clarinette, qu'elle met au bout de son nez,
et s'éloigne en se rejetant en arrière et un
pied en l'air.

— C'est, d'honneur! un morceau bien
friand, dit avec convoitise le jeune scé-
lérat, il n'y a plus que dans cette classe-là

qu'on trouve de ces figures lutines et en-
chanteresses!.... Oh! que c'est bête de pin-
cer comme cela, Clara, sais-tu que tu m'as
fait très mal!...

— J'en suis bien aise, mon cher, cela
t'apprendra à ne pas tant t'extasier sur le
premier minois qui t'agace; tu as de la co-
quetterie comme une femme. Tu serais
vraiment le griset de 1942..... Oh! voilà
ton ami le Russe qui passe, avec qui est-il?
est-ce un de ses compatriotes? appelle-les
donc.

— De Meline, dit l'amant de Clara, en lui
faisant signe de la main.

Les deux jeunes gens s'approchèrent.

— Y a-t-il ici quelqu'une des vôtres,
continua-t-il avec affectation, depuis une
heure je suis à l'affût à les attendre, et je
n'en ai pas aperçu une seule.

— Vous êtes si bien occupé, reprit avec

une politesse de salon le baron, qui n'est
pas encore fait au ton cavalier de mise à
l'Opéra, que nos dames se garderaient
bien, j'en suis sûr, de venir vous déranger! N'ai-je pas raison, beau masque?

— Les Russes d'aujourd'hui sont les
Français d'autrefois, dit en façon douce-
reuse la jalouse de tout-à-l'heure, sensi-
blement refroidie pour son amant, en présence de ces mines d'or à exploiter, — la
politesse française est en voyage, elle est en
ce moment chez vous, Messieurs.

— Et les Parisiennes sont les plus ravissantes femmes du monde, repondit le baron qui courait vite à la bonne fortune, et
s'émancipait déjà jusqu'à toucher du pied
l'agaçant domino.

— Je vois souvent Monsieur aux Italiens,
dit la rusée, en se retirant de façon à lui

faire continuer l'attaque, on pourrait là-
dessus lui dire bien des choses...

De Meline se redressa et arrangea négligemment ses cheveux. Le vicomte avait
décidément tort. — Il avait, aux Bouffes,
produit son effet.

— Ah! ça, la belle, c'est une infidélité
que tu me prépares avec tes yeux en cou-
lisse et tes petites façons de chatte?... à ton
aise, ma chère, dit en riant le jeune
fou; et vous, mon ami, je vous félicite,
vous l'emportez au premier assaut, prenez
son bras, et que l'amour vous conduise.

— Je vous laisse le comte Axanine, dit
le baron en s'éloignant avec Clara, faites-
lui de grâce les honneurs du bal; il a la
bosse de la curiosité, et si ce n'est le vicomte de Vilmure, je ne connais personne
qui puisse mieux que vous le mettre au
courant de tout.

Et se penchant amoureusement sur sa nouvelle conquête, il se perdit dans le foyer.

— Tiens, c'est vrai, Vilmure n'est pas ici, s'écria le délaissé, que diable fait-il donc maintenant? il se rouille, parole d'honneur !... Avez-vous vu Vilmure, mon cher Saint-Rémy? il est perdu; récompense honnête à qui le retrouvera.

— Voilà d'Arvilliers, son inséparable, qui te le dira, répondit l'interpellé, posé en Apollon au milieu du corridor et arrêtant au passage, d'une main leste et fourrageuse, tous les masques élégants. — Ce sont les deux maçons d'amour au service de la Russie.

— Bonsoir, Messieurs, fit le marquis en s'approchant, — toujours fidèles au poste d'honneur, c'est merveille....

— Et désespérant de ne plus te voir,

dit un loup de velours bien mignon ; la boyarde t'a donc donné congé pour ce soir !

— Ah ! c'est toi, mon rat aux belles dents, entourée comme d'habitude, et mordant le pauvre monde !.. Comte Axanine, nul de vous autres ne manque à l'appel ; depuis une demi-heure que je suis arrivé, j'ai déjà rencontré nombre des vôtres. Barischkine est au fond du corridor, serrant contre une loge, et de bien près, l'ombre satinée de quelque duchesse !... Douboff s'est empétré d'une déesse de la liberté, dont la nudité touche un peu trop à la licence ; le prince Zaïtzine est auprès de la cheminée dans une conversation fort animée avec un gros domino, qu'il voudrait au moins faire passer pour une divinité ministérielle ; et il n'y a pas jusqu'au seigneur Rousnikoff, qui se trouve flanqué à droite d'un Robert-Macaire avec un casque grec, et à gauche d'un marchand de peaux de lapin, avec un diadème impérial. Le malheureux est dans une indignation superbe, qui ne fait qu'exercer davantage la verve de ces troubadours poissards. Je parierais qu'il y a là un tour de Boltounoff, car celui-là le suit à quelques pas, et semble jouir de son martyre... Quant à ces dames, je n'ai reconnu que la princesse Barzoff, la nouvelle arrivée, la provinciale comme vous l'appelez, qui habite quelque pays inconnu, impossible à prononcer, et situé bien au-delà de Moscou, les colonnes d'Hercule de la civilisation !

— Ah! je sais de qui vous voulez parler, dit Axanine, c'est de la petite princesse Barzoff de Mala-Jeroslavetz. —

— Justement, vous l'avez dit, ce nom

impossible; et figurez-vous cette pauvre
femme tombée ici dans cet espèce d'enfer.
Le premier de nos endiablés qui lui a
adressé la parole, lui a fait une peur inima-
ginable ; elle s'est crue déshonorée, ni plus
ni moins, elle a perdu la tête et s'est jetée
dans mes bras comme si j'étais un ange
sauveur !... Il paraît que depuis son arrivée à Paris, ses chagrins et ses tourments surpassent tous les désespoirs de
Jocrisse.

— Que diable aussi vient-elle y faire? la
rage de l'étranger a pris chez nous comme
une épidémie; cette manie de nos deux capi-
tales a gagné la province, et au risque de se
trouver les êtres les plus malheureux du
monde, nos provinciaux tiennent, en civilisation, à avoir leur part de frottement. —
Ainsi, voilà le couple imprudent dont l'ambition de venir en France a tout-à-coup brisé le

bonheur et la tranquillité ; le voilà, pour un
rêve insensé, pour sa petite vanité de répéter de temps en temps aux principaux bon-
nets de son gouvernement ou même de son
district : *Quand j'étais à Paris !* jeté en de-
hors de ses habitudes, de ses goûts, heurté
violemment dans ses idées, et condamné à
vivre de privations et d'ennuis! Un jour, c'est
son dîner de trois heures, qu'il est obligé
de métamorphoser en déjeûner dinatoire ;
une autre fois c'est un fiacre, dont il lui
faut rougir en y montant, et qui lui paraît
le véhicule le plus inconvenant et le plus
anti-aristocratique.—La semaine dernière,
c'est le départ imprévu, et dans la même
soirée, de tous ses domestiques russes,
auxquels on a révélé le secret de leur position; et hier, c'était la liberté qu'on lui
forçait de donner, par acte, à ces ingrats,
sous la menace de le stigmatiser dans les

journaux. — Cette dernière histoire est un
coup de Jarnac philantropique du général
Boltounoff, et si elle parvenait aux oreilles
impériales , il pourrait bien la payer cher.
Ensuite notre colonie, par esprit de coterie, ne fait que rire de tout cela. Pour un
Pétersbourgeois ou pour un Moscovite, les
provinciaux ne sont appelés ni à être ni à
vivre ! Le ça de notre faubourg Saint-Germain est encore peut-être plus exclusif que
le vôtre......

— Je plains de toute mon âme cette infortunée princesse , dit le marquis, d'autant plus que son joli visage ne se ressent
en rien du péché originel de la province....
Mais pendant que nous bavardons ainsi,
nous laissons passer une infinité de petits
masques intéressants..... Et, tenez, voyez-
vous celui-ci , avec sa rose sur le cœur ? il
a voulu cacher sa tournure sous le peignoir

le plus ample, mais je ne sais quel mouvement onduleux trahit une taille serpent
et éloquente. Je prendrais volontiers, et
sans plus ample information, la place de
l'heureux domino qui lui donne le bras ;
je dis heureux, car il porte le même signe
de ralliement, la rose rouge sur le cœur.

— Et le mari jaloux, qui vient ensuite,
avec son capuchon pointu et en forme de
cornes, dit le rat aux belles dents en désignant du doigt à d'Arvilliers un homme qui
suivait à quelques pas, — ce serait d'une
belle galanterie, marquis, de sauver ces
imprudents. Barre donc le passage à l'Otello
conjugal.

D'Arvilliers tendit la main à Saint-Remy,
qui l'avait compris, et leurs bras mis en
croix firent obstacle à l'espion encapu-
chonné. Mais celui-ci allant droit au marquis
et s'étant penché à son oreille, vit tomber

à l'instant la barrière, et poursuivit sa route.

— C'est ce diable de Vilmure, dit tout bas le marquis à Saint-Remy, qui lui manifestait son étonnement, il n'y a d'aventures que pour lui, je ne sais vraiment comment il fait. — A tout-à-l'heure, mon cher, car il a besoin de moi, il m'a mis en réquisition.

Et le marquis ayant rejoint le vicomte, sans cependant l'aborder, tous deux montèrent aux secondes sur les traces du couple amoureux.

XII

Suite du bal.

XII

Laissons maintenant les deux amis cons-
pirer à leur aise, et glissons-nous dans la
loge nº 24, où viennent, pour eux, de s'en-
fermer comme dans un piège, ceux qu'ils
ont si grand intérêt de ne pas perdre de
vue.

C'est Boris, c'est Daria! le nom de Vil-

mure les a déjà fait deviner. L'amour l'emporte, l'amour a gagné sur les incertitudes
et les hésitations de la raison, et son heure
de délire, son heure de ciel a sonné! — Ils
sont là, ces heureux privilégiés, tout près,
tout près l'un de l'autre, seuls, isolés au
milieu de cette foule en démence, ne voyant
que leurs yeux qui s'aiment, n'entendant
que leurs cœurs qui bondissent. La fortune est à eux. — La fortune d'une soirée,
c'est tout un avenir pour l'amour! ils ne
regardent pas plus loin. —

— Oh! Daria, dit-il, quelle douce chose
d'être ainsi assis à tes côtés, et sous le feu
de tes regards, de ces rayons qui brûlent,
mais font vivre toujours! que de charme
à se sentir exister par toi et près de toi, et
combien je te remercie de ce siècle de bonheur que tu me donnes, et qui ne va durer,
hélas! qu'une seconde...

— Vous avez raison, Boris, il faut me remercier, reprit Daria d'une voix émue et agitée, car je fais mal, bien mal; pour vous, j'oublie ce que je me dois, ce que je dois à l'amitié; pour vous, je me fais ingrate et indigne.

— Pour moi, tu es divine, tu es un ange, et ta belle âme qui s'accuse est un trésor, que j'idolâtre à genoux! je t'ai rêvé bien long-temps avant de te connaître, et je ne croyais pas par un rêve impossible manquer à mes affections terrestres. — Le rêve s'est réalisé, c'est un miracle! que veux-tu? l'amour a suivi!

Et Boris, en lui parlant ainsi, l'attirait peu à peu sous le charme, et amenait insensiblement sa main dans sa main, jusqu'à ce qu'un tressaillement électrique lui eût révélé qu'il n'était plus temps de la retirer.

— Vos paroles captivent, vous le savez,
Boris, dit-elle alors avec un sentiment de
crainte et de bonheur à la fois, je suis faible contre vous, défendez-moi donc, ou je
ne me rappellerai plus de rien, si ce n'est
de ce que je sens là !

— Et ce que tu sens là, c'est l'écho de ce
que j'éprouve, moi. Je ne puis empêcher
mon cœur de crier : je t'aime, à chaque
fois qu'il bat, et si Dieu a fait le tien pour
le répéter cent fois, lutter encore serait
insensé à essayer.

— Serait-ce, en effet, une lutte impossible, que toute ma raison m'abandonne et
que je vous écoute, Boris, avec un ravisse-
ment délicieux. — Parlez, parlez-moi toujours, car votre voix est comme une harmonie qui endort mes remords et ne laisse
éveillé que mon amour ! c'est que vous ne

savez pas depuis combien de temps je
pense à vous ! du jour où nous nous sommes
trouvés seuls, dans cette voiture, j'ai été
frappée au cœur, et j'ai compris que c'était
pour lui ou la vie, ou la mort ! Et alors,
concevez-vous tout ce que j'ai ressenti d'an-
goisses, de tortures, quand j'ai appris que
vous étiez marié, marié à ma meilleure
amie, et qu'il m'a fallu tout renfermer là
et me composer une existence d'amitié.
Exister par l'amitié, quand l'amour a parlé,
c'est une folle espérance qui va se briser à
la première épreuve, et j'ai failli, mon
Dieu ! à toutes mes résolutions, mes serments ; je n'ai pas tenu contre la félicité de
dire une fois combien j'aimais ; ah ! oui,
Boris, je t'aime, je t'aime !!!

Et presque aussitôt la jeune fille, effrayée
elle-même de son délire, se cacha la tête
dans ses deux mains comme si ce n'était

pas assez d'un masque pour trahir son éloquente rougeur.

Boris était dans une sorte d'extase,
croyant vivre d'un rêve, et restant muet,
immobile, comme pour ne pas le faire en-
voler. Mais tout-à-coup Daria lui saisissant
le bras avec force et se cramponnant à lui
sous une impression de terreur :

— Avez-vous entendu ce bruit, dit-elle,
à côté de nous, dans la loge voisine. Quelqu'un peut-être était là, qui nous écoutait,
nous espionnait! — Oh! mon Dieu, mon
Dieu! déjà me punir !

— Ton imagination t'égare, ma Daria,
s'écria Boris qui s'était élancé en avant et
avait trouvé la loge vide.—Ce bruit n'est pas
un murmure fatal à notre amour, c'est le
sourd grondement de cette tempête humaine qui se déchaîne autour de nous.
Ce petit espace est comme un esquif où nous

nous sommes réfugiés, et l'amour au cœur
et le ciel sur la tête, nous devons nous rire
de ces vagues mugissantes. Viens donc,
viens plus près afin de mieux nous aimer. —

— Mais ma tante!... le vicomte!... que
sais-je, Nadine!... tout est possible, dit Daria, toujours plus agitée, laissez-moi, Boris,
vous ne m'aviez demandé qu'une soirée!...

— La comtesse et le vicomte cherche-
raient en vain à nous reconnaître dans cette
foule où nous les avons perdus; et j'ai
quitté votre amie, au moment où plus
souffrante que tous ces jours derniers, elle
allait se mettre au lit. Ainsi, vous voyez,
Daria, mon aimée, que vos craintes sont
folles; restons, restons, de grâce, la soirée
commence à peine, les danses n'ont pas
encore tout leur éclat, nous ne sommes
qu'à l'aurore de la fête!!!

Et peu à peu, Daria, rassurée par celui

auquel on croit toujours, rejetait loin de
son cœur tout pressentiment funeste, et
le laissait s'enivrer avec délices de cette
ambroisie brûlante que lui versait l'a—
mour !

Imprudents, tous deux ! vous lassiez la
fortune, qui vous gâtait depuis une heure,
et pendant que vous osiez oublier tout ce qui
vous entourait, dans cette solitude créée
par vos pensées, d'infâmes complots se
tramaient dans l'ombre, et menaçaient de
ruiner à jamais ce bonheur que déjà vous
rêviez éternel ! —

.   .   .   .

.   .   .   .

A ce moment, d'Arvilliers, que nous
avions laissé avec Vilmure, se trouvait
dans la salle, appuyé contre un des coins
de la scène, et causant familièrement avec
un masque merveilleusement femme par

sés mouvements arrondis et gracieux, et ses poses de tête toutes mignardes et aga-çantes.

— Si tu ne m'as pas trouvé au rendez-vous convenu, Eudoxie, lui disait-il, la faute ne peut retomber sur moi, mais bien sur ce cher Vilmure, dont l'amitié récla-mait mes services.

— Ce nom de Vilmure m'impatiente, reprit alors le masque Eudoxie avec une sorte de maussaderie ; il est toujours sur tes lèvres... et quel beau service attendait-on de ton amitié ?

— Une faction d'une heure, en face de ces dominos, que tu peux remarquer là-bas, aux secondes loges...

— Dans quel but ?

— Ce n'est pas mon secret, je ne puis rien te dire.

— Mais c'est le secret de monsieur de

Vilmure, et les indiscrétious d'ami, m'a-
t-il dit souvent, ont toujours fait sa fortune
en amour.

— Ici, elles pourraient lui faire manquer le plan le mieux combiné qui fût
jamais.

— Tu as donc bien peu de confiance en
moi !

— Ce n'est pas cela, je lui ai promis de
n'en pas parler, et je tiens à remplir ma
promesse ; et puis il s'agit de personnes que
tu connais, et ton bon cœur s'affligerait
peut-être, se mutinerait contre ce tour superbe, digne de Richelieu.

Ces derniers mots venaient d'exciter au
dernier point la curiosité de la princesse
Zaïtzine (car c'était elle), et il lui fallait à
tout prix connaître cette nouvelle rouerie
du vicomte.—Elle s'y prit en femme, c'est-
à-dire, avec adresse.

—Ainsi qu'il vous plaira, Arthur, lui dit-elle avec un air de railleuse indifférence, comme si elle était ennuyée d'avoir demandé si longtemps ; je comprends vos scrupules, et c'était mal à moi de vouloir vous faire violer vos serments.

—Allons, vas-tu me bouder, maintenant ? dit Arthur avec humeur, et ne sais-tu pas que je crois en toi comme en moi-même. Mon Dieu, si tu veux absolument que je te raconte tout, je le ferai. —

—Il y a quelques minutes, j'en avais grande envie, c'est vrai, mais votre bonne volonté vient trop tard, je ne m'en soucie plus, continua la princesse sur le même ton de négligence.

—Voyons, Eudoxie, pardonne-moi, je suis fâché d'avoir hésité une seconde. — J'aurais dû comprendre, que toi, c'est moi. —

— Je n'ai rien à pardonner, et peu m'importent les instances de votre ami.—Adieu, restez en sentinelle, et grand plaisir je vous souhaite.

Et elle fit mine de détacher son bras de celui d'Arthur.

— Mais, écoute-moi, de grâce, dit le marquis en la retenant et lui prenant la main : et laisse-moi t'initier à tous ces grands mystères, qui ont avec leur situation plaisante un côté grave et sérieux. Il faut d'abord que je remonte assez haut pour t'expliquer ce qui se passe. Le cher vicomte, que tu n'aimes pas, et qui est pourtant moius méchant que tu ne le supposes, a eu toute sa vie, avec le peu de fortune que lui ont laissée ses pères, la manie de l'éclat et de la position. C'est là tout son ridicule, et c'est ce qui lui a fait commettre les millions de folies qu'on lui reproche. La der-

nière, et ce n'est pas la plus petite, a été
son intrigue avec la comtesse Voronine;
il est son amant, depuis quelques années,
et cette intimité a été si bien prise par le
monde, (il y a de ces chances-là dans l'existence) qu'elle a passé à l'état de sacrement.
Mais toute chose a une fin sur cette terre,
et la beauté de la comtesse a subi peu à peu
les nécessités terrestres. Elle ne se croit
pas encore aussi malade et si près de l'a-
gonie; mais mon ami commence à voir
clair, et à la juger telle qu'elle est. —

— Je ne comprends pas, mon cher Arthur, à quoi sert ce grand préambule, que
je sais aussi bien que toi, interrompit la
princesse avec un ton de plaisanterie impatiente; je ne t'ai pas demandé l'apologie
du vicomte.

— Ni ne tiens à le sanctifier à tes yeux;
mais le préambule était de toute nécessité,

pour t'expliquer comment, en homme
éclairé et de bon goût, il lui prit fantaisie,
un beau matin, de rajeunir et d'éterniser sa
passion qui menaçait ruine. Cette pensée,
qu'on se survit dans ses enfants, le frappa
comme un trait de génie providentiel et lui
fit entrevoir un nouvel avenir. La nièce de
la comtesse c'était presque la comtesse, et
avec un peu de raison (et il était temps
qu'elle en eût) cette dernière devait se
féliciter de cette fidélité amoureuse con-
tinuée dans la famille. La première fois qu'il
en toucha un mot à sa chère vieille, il faut
avouer qu'elle a pris quelque peu en rechi-
gnant cette constance par génération; mais
Vilmure, qui a de l'adresse à la duper, elle!
parvint, sans la heurter, à l'amener peu-à-
peu à cette idée que si Daria consentait un
jour à cette union, elle ne s'y opposerait pas.

— Je ne vois pas là si grande finesse, dit

Eudoxie, car Daria le déteste cordialement, et il me paraît, au contraire, que la comtesse déploie dans tout ceci une bien plus grande habileté. — Avec cet espoir, dont elle le leurre, elle se le conserve tendre et soumis.

— Que ce soit là l'idée de la comtesse, je le crois comme toi, reprit Arthur; que Daria ait en haine le vicomte, c'est encore chose possible, quoique la haine d'une jeune personne de dix-huit ans soit un problème que le plus novice doit résoudre facilement; mais la question ne tient plus à pareilles bagatelles : le champ de bataille est changé, et c'est de ce côté que le cher Vilmure fait preuve d'une étonnante sagacité.

La princesse fit un geste de doute et d'ironie.

— Écoutons le plan de ce grand général,
dit-elle.

— Le comte Ludmiloff, dont nous avons
fait la découverte assez maladroitement ;
le soir de la conspiration arrangée pour ta
fête, est aujourd'hui le pivot principal de
toutes ses combinaisons. Tombé ce jour-là,
comme par miracle, dans la voiture de Daria
et en tête-à-tête avec elle, il n'eût pas été
étonnant qu'il en devint subitement amoureux. — La rencontre était de nature à
croire à de la prédestination ; mais le beau
des beaux (j'adopte le surnom dont vous
l'avez gâté, mesdames), était marié à l'amie
intime de la jeune personne, et soit par reste
de principes, soit par amour conjugal, il
allait abandonner le roman à la première
page, quand la comtesse, devinant le parti
qu'elle pouvait tirer de ce superbe commen-
cement, s'empressa de le relever, et pour

l'amener à bonne fin, mit en œuvre toutes
les ressources de son génie. Un amour profond, jeté au cœur de sa nièce et partagé
par le comte, était un obstacle invincible
au projet de son Raoul, et à la promesse
qu'elle lui avait faite, et elle n'hésita pas
à tout sacrifier pour parvenir à ce but. Elle
se fit incontinent l'âme, la protectrice dé-
clarée de la comtesse Nadine, raffola de
son mari à ne plus pouvoir s'en passer, le
prôna partout comme le type de l'esprit et
de l'amabilité, jalousa l'amitié que Daria
lui témoignait afin de la rendre plus vive,
plus confiante, et enfin multiplia si bien
les occasions d'intimité, qu'en moins de
deux mois tout marchait au gré de ses
désirs.

Les deux jeunes gens s'aimaient d'amour
tendre!!...

— Mais tout ceci est une fable inventée

à plaisir, dit la princesse avec un étonnement mêlé d'indignation. La comtesse a
toujours passé pour la meilleure femme du
monde, et un pareil trait dévoilerait l'âme
la plus noire. Comment sacrifier à la fois,
pour une folle passion, l'avenir, le bonheur
peut-être, de trois personnes? Oh! c'est impossible, et ton Vilmure seul est capable
de semblables suppositions... C'est comme
aussi, toi, Arthur, d'où prends-tu ce ton de
légèreté et de rouerie? Tu te fais toujours
plus méchant que tu n'es. —Je te connais
au contraire si bon, si excellent! —

—Et toi, mon Eudoxie, tu es trop confiante, trop crédule, reprit le marquis en
souriant avec une tendresse maligne; si
ton cœur d'or savait mieux le monde, tu ne
trouverais là rien d'extraordinaire. Au point
de vue de la société, la comtesse est et restera la meilleure femme de la terre.—Elle

défend son bien, voilà tout. Ensuite, il
faut se mettre dans sa position d'âge. La
vieillesse a l'entêtement et la tenacité du
sans revanche. Les choses qui ne se rem-
placent pas, on y tient! Quant à Vilmure,
s'il est l'auteur de ces suppositions, il me
semble grandement dans son droit. Le reste
de mon histoire en est la preuve, et par ma
foi épée contre épée, la riposte que tu vas
désapprouver sans doute ; n'en est pas
moins des plus brillantes et des mieux por-
tées.

— Enfin nous arrivons, je l'espère, à ces
deux masques que tu gardes si bien à vue.

— Sans aucun doute, ce sont eux qui
sont appelés, tout-à-l'heure, à faire le dénouement. Un peu de patience et nous se-
rons à cette dernière scène. — Le vicomte,
il y a deux jours encore, ne faisait que

soupçonner, mais ne s'avouait pas la mine
qui se creusait sous ses pas; les câlineries
de la comtesse Voronine à l'égard du comte
Boris lui paraissaient suspectes, et sans en
savoir la cause, (il prétend même qu'elle
le déteste), les mille moyens qu'elle em-
ployait pour l'attirer chez elle lui semblaient aussi de mauvaise augure, mais il
restait dans le vague, et la seule contre-
mine qu'il eût établi et comme ressource
imprévue, était une galante assiduité près
de la comtesse Nadine. Mais hier matin, le
hasard, et je crois bien encore sa méfiance
à toutes oreilles, lui révéla par quelques
mots et l'amour des deux jeunes gens, et
la coopération tacite et secrète de la comtesse à cet amour. Et alors, tu comprends,
n'est-ce pas, la rage du vicomte de se voir
ainsi bafoué ! Vaincre et se venger en pareille circonstance, est, ce me semble, de

toute justice ! Un rendez-vous au bal de l'Opéra ayant été donné par Daria au comte, et ce rendez-vous pouvant à jamais briser ses espérances, Raoul a imaginé d'écrire une lettre anonyme à la comtesse, dans laquelle il lui propose de lni donner la preuve de l'infidélité de son mari pour son amie intime, si elle veut se trouver à l'Horloge à deux heures. — Comme la comtesse aime son mari avec idolâtrie, et qu'elle a toute la jalousie d'une Espagnole, elle viendra sans aucun doute à l'endroit désigné, y trouvera Vilmure, qui, sans se faire connaître, la conduira à la loge, — et Dieu et la colère féminine feront le reste !

— Ce que vous dites là, Arthur, est effrayant, mais je ne comprends pas dans quel but?... dit la princesse qui se sentait sous une impression de terreur.

— Mais le but est bien simple. L'esclan-

dre amène nécessairement une rupture entre Boris et Daria : Daria, compromise, se
trouve trop heureuse d'avoir là un sauveur
tout prêt qui l'accepte. — La comtesse Voronine, involontairement engagée et craignant le scandale par-dessus tout, s'em-
presse de souscrire à un mariage qui fait
taire tout méchant propos, et bien mieux,
si par hasard la belle Nadine voulait pour
sa colère une séparation, et pour sa vengeance un consolateur, toutes les chances sont encore en sa faveur ! et voilà
pourquoi je suis en sentinelle jusqu'à deux
heures ; il est, lui, au foyer, en attendant la
comtesse.

— Mais c'est une infamie, dit la princesse dont les yeux, à travers son masque,
lançaient des éclairs, c'est le trait d'un lâche, et qu'il faut à toute force déjouer.

Oh ! Arthur, est-ce bien toi le complice
d'une action aussi déloyale ! !...

Le marquis était comme la plupart des
gentilshommes de nos jours, fort chatouil-
leux encore sur le point d'honneur, digne
d'estime et pur de tout reproche touchant
une transaction quelconque d'opinion, de
fidélité politique, mais peu scrupuleux, et
presque malhonnête en affaires d'amour,
et jouant sans y penser et avec une insouciance dédaigneuse, la réputation des femmes. La hiérarchie des maîtresses n'est plus
de notre époque, une duchesse se traite aujourd'hui comme une danseuse, avec le
même cynisme, la même effronterie : —
j'aime encore mieux le temps où la danseuse se traitait comme une duchesse ! La
galanterie chevaleresque couvrait au moins
l'infamie de voiles presque attrayants.

— Comment voulais-tu que je refusasse

de lui rendre le service qu'il me demandait, dit Arthur avec un geste de mauvaise
humeur en se voyant ainsi accusé.—D'ailleurs, je ne suis censé rien savoir. Je sur-
veille deux dominos avec une rose sur la
poitrine, je ne les connais pas.

Mais la comtesse ne l'écoutait plus, et les
yeux fixés sur le couple menacé, elle paraissait sous la domination d'une idée sauveur.... Elle cherchait pour eux une branche de salut possible, et elle devait la
trouver, quelque chose en son cœur le lui
disait !

— A quelle heure as-tu dit que la comtesse doit venir, fit-elle d'une voix impéra-
tive?

— A deux heures.

— Alors, j'ai quelques minutes devant
moi, et peut-être j'arriverai encore à temps!..

Et s'arrachant violemment des bras de

d'Arvilliers, qui voulait la retenir, elle s'é-
lança par la foule et disparut...

—Rien n'est absurde comme ces femmes,
avec leur exaltation sentimentale, dit le
marquis, se trouvant seul transporté par la
foule au milieu d'une contredanse; et moi
aussi, ne suis-je pas bien sot d'aller bavar-
der toute cette histoire! — Pourvu que du
moins elle ne fasse pas de cancans près de
Vilmure........ Que le diable les emporte
toutes !.....

— Ohé, ohé, c'te tête qui vous fait la
grimace et qu'on prendrait pour un événement, s'écria en se mettant à la position
consacrée, les jambes écartées, le corps
rejeté en arrière, et les bras en télégraphe,
un superbe postillon de Longjumeau, — ce
monsieur avec ses bottes vernies et sa cra-
vatte de satin, qu'il soit confisqué au profit
du grrrrand galop Flambard; ohé, ohé,

ohé, enlevez lé lion à tous crins, et en
rrrrroute ! !...

Et le marquis, avant de pouvoir se défendre, se sentit la taille prise par un
poignet herculéeu, et poussé, ballotté, en-
traîné, porté sans toucher terre, avec cette
masse humaine, écumante, bondissante, et
comme une avalanche grossissant à chaque
saut et à chaque bond !

Mais pendant qu'il se débattait, et faisait ainsi deux ou trois fois, et sans pouvoir s'arrêter, le tour de ce cercle infernal,
la princesse que le sentiment d'une bonne
action guidait plutôt par instinct que par
calcul, se trouvait tout-à-coup, et sans savoir comment, à l'entrée du foyer, à deux
pas du prince Roubetskoy. Appuyé contre
la porte, celui-ci portait sur sa figure
l'empreinte de l'ennui. Il regardait passer
toute cette lanterne magique, mais c'était

avec des yeux si peu curieux, qu'il n'était pas à parier qu'il fût là pour son propre compte. Il semblait de ces amis complaisants qu'on pose, en arrivant, à une certaine place, pour les reprendre quand le domino vous délaisse et qu'on retrouve, à cinq heures du matin, dans la même position, invariables et à moitié endormis. — Enfin, on avait dû l'amener au bal, mais certes, il n'y était pas venu tout seul....

Dès qu'elle l'aperçut, la princesse, jusqu'alors indécise de ce qu'elle avait à faire, comprit que le ciel lui envoyait un secours inattendu, et allant à lui et lui prenant brusquement le bras :

— Vous aimez la comtesse Nadine, vous êtes l'ami de son mari, un danger les menace tous deux, vous seul pouvez les sauver; suivez-moi....

— Qui êtes-vous, Madame, s'écria le

prince devenu subitement pâle comme la
mort, tant cette interpellation si inat-
tendue l'avait frappé d'une secrète terreur.

— Peu vous importe, je suis de leurs
amies, cela doit vous suffire, venez, ou il
serait trop tard!

— Disposez donc de moi, dit le prince,
qui ne comprenait qu'une chose, le danger
du comte et de la comtesse, et qui entraî-
nait à son tour son guide, courant comme
un insensé sans savoir où il devait se diriger; où faut-il que j'aille? parlez, parlez....

—Par ici, prenons cet escalier, répondit
la princesse, c'est aux secondes, une des
loges de face entre les colonnes!....

XII

Suite du Bal masqué.

XII

Il n'était pas deux heures à l'horloge du foyer. Cette horloge retarde toujours. Le temps n'est pas pressé pour ceux qui dansent et qui s'amusent! Mais pour ceux qui attendent et qui souffrent, il est toujours en avance, et l'horloge que consulte leur im-

patience, est instinctivement celui dont les
aiguilles tournent avec le plus de rapidité.

La montre de la comtesse Nadine avait
été vite comme son cœur, et malgré tous les
obstacles matériels, que lui avait opposés
en arrivant une foule impolie et grossière,
qui se prétend encore française, — mais qui
ne sait plus même respecter une femme ! —
elle avait plus de dix minutes devant elle,
quand elle parvint fièvreuse, agitée, trem-
blante à la place fatale, que lui avait assi-
gnée la lettre anonyme, qu'elle portait là
sur son sein et qui la brûlait !

Une rose rouge sur la poitrine était le
signe de ralliement, que par une sorte
d'ironie et de raffinement de vengeance,
le vicomte lui avait indiqué. Et dès
qu'elle apparut, ainsi parée des couleurs
de sa rivale, celui-ci, qui doutait de sa

venue autant qu'il la désirait, s'avança galamment vers elle, et dissimulant tout-à-
fait sa voix :

— Tu es exact, beau masque, lui dit-il,
et c'est plaisir de te donner un rendez-
vous !

— La preuve! Monsieur, la preuve de ce
que vous avez écrit! interrompit sèchement
la comtesse.

— Elle ne te manquera pas, charmante,
tu l'auras dans quelques minutes, reprit
Vilmure, en essayant de lui prendre les
mains. — C'est extraordinaire, en vérité,
comme les femmes sont curieuses, même
d'une trahison. Eh! n'a-t-on pas toujours
le temps d'apprendre ces choses-là? L'illu-
sion, c'est la réalité de l'amour!... Profite
donc encore du répit que je te laisse, beau
masque, pour vivre de cette monnaie.

— Trève de vos raisonnements, Monsieur,

je ne suis point venue pour les écouter, —
pas plus que vos expressions galantes ; —
le fait seul, ce fait auquel je ne crois
pas !....

— Auquel tu ne crois pas, et tu es ici !
Tu es souffrante, pouvant à peine marcher ; et sur une lettre anonyme, tu quittes
ton lit, tu as la force de courir seule
au bal, et tu ne crois pas ! Ah ! tu ne
crois pas !... D'honneur la plaisanterie est
délicieuse ! Que ferais-tu donc si tu
croyais ?.....

Le vicomte, qui, loin de l'avoir en haine,
se sentait pour la comtesse une de ses
mille sympathies capricieuses, profitait
pourtant de son incognito afin d'exercer
sur elle une sorte de revanche du mal
que son mari lui avait fait éprouver.

— Ces détours, Monsieur, prouvent
l'embarras de la calomnie, dit la comtesse,

insensiblement rassurée par tous ces re-
tards; je ne puis comprendre alors dans
quel but!....

— Dans le cas où j'aurais calomnié, n'es-
tu pas assez belle, pour en devenir l'excuse?
jeta amoureusement et à tout hasard le
roué prévoyant.

Elle se recula, et le toisa avec hauteur
et fierté. —

— Ce langage est une insulte, dit-elle;
laissez-moi, Monsieur. En me parlant
ainsi, vous oubliez sans doute qui je suis !

— Et si j'aimais celle qui te supplante,
comprendrais-tu davantage? continua le
vicomte, qui prenait plaisir à ces sup-
plices d'incertitude.

— Chacune de vos paroles est un mensonge, reprit l'infortunée avec un geste de
colère et de mépris. Si vous aimiez aussi,

avec la preuve à quelques pas, vous n'at-
tendriez pas!

—Eh bien! venez donc, Madame, s'écria
Vilmure, en lui reprenant le bras, et la
terrifiant de nouveau de son regard sarcas-
tique et triomphant. — Vous avez raison, il
ne faut pas attendre plus longtemps. Oh!
c'est qu'ils sont dans une douce causerie,
et que c'est presque dommage d'aller les
déranger!.... Cette amie si chère, si dévouée, est là, près de celui qui vous adore,
et qui ne vit que par vous et pour vous! Et
tous deux, les yeux dans les yeux, se
disent, et cela sans remords et au mépris
de leur devoir, les paroles les plus tendres,
les plus passionnées!... Mais c'était écrit!
ce qu'ils éprouvent vient du ciel, et on
n'est pas responsable de ces choses-là.
Voilà l'amitié, voilà l'amour!...

— Assez, assez, dit la comtesse avec

angoisse, je suis une femme, Monsieur, et ne voyez-vous pas que vous me faites mourir!...

Le vicomte la sentit chanceler, et son ironie fit place à la pitié.

—Remettez-vous, lui dit-il, attendons un instant, car vous ne pourriez me suivre.

— Non, non, marchons, j'ai toute ma force, reprit-elle en se raidissant avec le courage du désespoir.

Et tous deux montèrent en silence l'escalier des secondes; et quand ils furent arrivés devant la loge numéro 24, ils n'eurent besoin que de se regarder, et ils s'arrêtèrent.

Ils s'étaient compris. — C'était là. —

Oh! comme elle souffrait alors, cette pauvre femme! Quel mal profond, poignant, lui tenaillait le cœur! Il n'y avait plus à en douter; les preuves étaient accablantes, et elle devait s'en rapporter à ses yeux qui les voyaient, à ses yeux qui les tenaient, ces traîtres et ingrats qu'elle avait tant aimés!!...

Et elle avait peur de faire un seul pas. En passant le seuil de cette porte, c'était le dernier adieu à toutes ses joies, tous ses bonheurs. Elle aurait mieux aimé mourir là! Elle serait au moins, morte en pouvant douter encore!...

— Je l'avais prévu, beau masque, dit le vicomte dont la pitié s'était évanouie, la preuve est encore arrivée trop tôt. Vous hésitez. —

— Non, non, Monsieur, je n'hésite pas, faites-moi ouvrir, répondit la comtesse, que cette parole railleuse et incisive avait rappelée à la jalousie, qui jamais ne pardonne !

— Allons, bonne chance, fit Vilmure en faisant signe à l'ouvreuse, je vais t'attendre dans la loge voisine. Je jouirai là parfaitement du coup-d'œil, et pourrai te crier bravo.... Surtout pas de ménagement ; ils ne t'ont pas ménagé, eux !....

Au bruit que fit la porte en s'ouvrant, les deux dominos, qui semblaient dans une causerie si intime, retournèrent vivement la tête, et voyant, arrêté sur le seuil, droit, immobile, un masque qui les considérait avec une fixité dévorante, l'un d'eux se leva et lui dit avec politesse :

— Vous vous trompez, sans doute, Madame, cette loge est louée.

— Je ne me trompe pas, répondit lentement la comtesse, cette loge est bien à vous, je le sais ; mais vous avez oublié de m'y donner une place, et je viens réparer votre oubli.

— Le bal masqué peut admettre bien des plaisanteries, mais ici nous avons le droit de ne recevoir personne, et excepté nos connaissances....

— En remarquant que nous portons la même rose rouge sur la poitrine, vous devez supposer que nous ne sommes pas inconnus l'un à l'autre.

La comtesse avait un sang-froid qui faisait peur. C'était la solennité de l'agonie!

Le domino fit un geste d'impatience.

— Mais enfin, qui êtes-vous? Nommez-vous, ou sortez.

— Qui je suis! dit alors la malheureuse, en s'avançant et venant planer comme un fantôme noir au-dessus de ses victimes : Je suis celle à qui Dieu avait donné des trésors d'amour et d'amitié, et qui les a

prodigués à des indignes! Je suis celle, qui
après des années de dévouement, de ten-
tendresse, d'abnégation, se voit lâchement
délaissée, abandonnée. Je suis celle que
l'on trahit avec des baisers de Judas!!...
Reconnaissez-vous maintenant qui je suis?
Daria, ôtez ce masque, l'autre vous suffit
pour tromper! — Boris, vous n'avez rien à
craindre, je ne suis plus jalouse, je vous
méprise!

Et détachant violemment son masque,
elle apparut dans tout l'éclat de sa beauté
outragée, pâle comme le marbre, la tête
haute et dédaigneuse, les lèvres tremblan-
tes et frémissantes, les yeux brûlants et
roulants des larmes. —

— Otez donc aussi vos masques, dit-elle
avec rage, ou sinon, je vous les arrache.

Les masques tombèrent, et sur ces trois

personnes si diversement agitées, il se fit tout-à-coup un profond silence, un silence d'étonnement et de stupeur!

C'était bien Daria qui était là, le regard triste et baissé, et dans une sorte de prostration, d'anéantissement complet; mais l'autre, ce n'était pas Boris!... c'était le prince Roubetskoy!!

.   .   .   .

— Vous avez été indignement trompée, ma cousine, dit enfin celui-ci d'une voix si bonne, si pénétrante, qu'elle semblait vouloir l'excuser, la justifier à ses propres yeux. Votre seul tort est d'avoir pu douter un instant d'un mari, qui est étourdi peut-être, mais incapable de vous causer la moindre peine, — et d'une amie, dont le cœur vous est si bien acquis, qu'il se sacrifierait, plutôt que de vous trahir. (Il appuya

sur ces derniers mots!). . . . Et maintenant, ma cousine, ajouta-t-il en suppliant,
partez, quittez le bal, je vous reconduirai;
vous souffrez beaucoup, je le vois; et
d'ailleurs, il ne faut pas que Boris soit ins-
truit de tout ceci. — Allons, de grâce,
remettez votre masque, de la loge voisine
on nous regarde.

Mais la comtesse, loin de songer à éviter
les regards, se penchait en avant et semblait vouloir les provoquer.

— Oui, on me regarde, je le sais, dit-
elle d'une voix qui voulait être railleuse,
mais que l'oppression de son cœur rendait
pénible, entrecoupée; il devait même m'applaudir, il me l'avait promis. Eh bien!
qu'il crie donc bravo, je l'en défie maintenant. Ah! c'est que je le lui disais, c'est impossible, je n'y crois pas! Et il raillait, le

misérable! — Et il paraissait si sûr, qu'il m'avait rendue folle!!...

Le vicomte était alors en face d'elle, debout, appuyé contre le panneau de la loge, qui lui avait servi d'observatoire, — et confondu, attéré de ce qui venait de se passer, quand il se savait si sûr de la présence de Boris!

— Le comte, ton mari, était à cette place, il n'y a pas un quart d'heure, et jurait un amour éternel à Mademoiselle, dit-il à son tour avec fureur, et désignant du doigt le fauteuil du prince. — Je fais le serment de ce que j'avance, et Mademoiselle ne me démentira pas.

Et sans attendre de réponse, il sortit de la loge.

— Vous êtes un insolent et c'est à moi, Monsieur, de vous répondre, s'écria le prince, qui voulait s'élancer à sa poursuite;

mais la comtesse lui barra le passage, et lui saisissant la main :

— Laissez-le donc, mon ami, s'écria-t-elle avec une expression méprisante, mais toujours plus nerveuse, — cet homme est un fou, et les fous n'ont pas d'honneur! Laissez-le, et voyez comme je suis heureuse!... Oui, c'est bien toi, toujours ma Daria! Oh! je t'aime bien, car je te sais bonne amie, et fidèle... Ne sois plus triste, mais gaie, contente..... Ne saurais-tu plus rire? regarde-moi, je ris de joie et de bonheur!

Et en effet, elle se mit à rire, mais d'un rire convulsif, qui devenait involontaire, et toujours plus perçant, plus aigu, plus déchirant.

— Calme-toi, Nadine, murmurait tout bas Daria! un peu plus de raison! par pitié

pour moi, pour nous! oh! ne ris donc
pas ainsi, tu me fais mal, tu me brises le
cœur.

Mais ce rire augmentait toujours, et venait affreusement dominer tous les cris
joyeux de la salle. C'était comme un rican-
nement satanique, planant au-dessus de
cet enfer; et la foule étonnée de cette nouvelle musique, levait curieusement la
tête et l'accompagnait d'une explosion de
railleries et de trépignements.

— En voilà un rire, et des plus soignés,
encore!!.. hurlait un sauvage dont la tête
était bizarrement ornée d'un balai de plumes.

— Il n'y a pas dans tous les instruments
du grand Musard une manivelle capable
d'enfoncer celle-là, disait la charge de l'ancien marquis le baladin, qui, avec une
adresse digne de son modèle, lançait dans

la loge force bonbons en guise de gros
sols. —

—Eh! ris donc, ris donc encore, satanée
farceuse, ripostait un troupier fini, coiffé
d'un chapeau à trois cornes, surmonté
d'un plumet rouge long à balayer les premières, — la valse commence, c'est un tam-
tam de nouvelle invention, cela va bien
-faire...... allons, une ovation à cette duchesse.

Et le groupe de ces dandys chicardini
applaudissait et battait joyeusement des
mains.

Mais la crise touchait à son terme, et
cette attaque de nerfs si violente et que
n'avait fait qu'exciter cette rumeur insul-
tante, s'affaissait soudainement... La comtesse était tombée de toute sa hauteur, et
comme une masse, évanouie !

— Oh! ces cris, ces bravos sont impi-

toyables, ils vont la tuer, disait le prince,
qui avait saisi les bras de la malheureuse en
délire, et cherchait en vain à la calmer.—Ils
prennent ce rire-là pour le rire du plaisir;
mais qu'ils regardent bien, c'est le rire de
la mort!... oh! c'est affreux! c'est horrible!!

—Du secours, de l'air, de l'air fit en ouvrant la porte Daria, oublieuse dans ce moment de toute crainte d'être reconnue.

Et la multitude avide accourait, se pres-
sait, encombrait les abords de la loge.

— Il n'y a pas à hésiter, se dit le prince,
qui voyait grossir à chaque seconde le
nombre des curieux ;—et prenant dans ses
bras le corps inanimé de la comtesse, il
fendit impétueusement la foule étonnée,
traversa les corridors, descendit les esca-

liers et se trouva hors de ce gouffre infernal, sans que nul ait osé mettre obstacle à sa course, sans qu'un regard soit parvenu à distinguer les traits de celle qu'il enlevait!
— Ce grand domino noir, qui allait, allait, se faisant place et emportant avec une force surnaturelle cette femme évanouie, avait jeté parmi les spectateurs un sentiment involontaire de stupéfaction. — C'était comme une ombre qui était venue réclamer sa victime, et on l'avait laissée passer!...

— Remettez votre masque, Mademoiselle, et tâchons de rejoindre votre tante, dit un domino en s'emparant du bras de Daria, et l'entraînant hors de ce monde qui commençait à la remarquer.

— Oh! vous m'avez sauvée, Monsieur, dit celle-ci qui peu-à-peu retrouvait sa présence d'esprit, comment pourrai-je jamais vous remercier? à qui suis-je redevable?...

—Eh! qui doit veiller sur vous, si ce
n'est votre ami le plus sincère et le plus
dévoué, celui pour lequel vous avez, il
est vrai, de l'antipathie, mais qui donnerait toute sa vie pour vous épargner un
chagrin! Raoul de Vilmure est toujours
là, quand même; détestez-le, mais du
moins qu'il puisse parfois venir à votre secours.

Le vicomte, comme on voit, utilisait
sa défaite. A peine à terre, il se relevait
déjà...

—Je ne vous ai jamais détesté, Monsieur
de Vilmure, répondit la pauvre enfant,
qui se reprochait naïvement en son cœur
de l'avoir mal jugé.... Et le service que
vous venez de me rendre....

—Sera grandement payé, si vous ne
doutez plus de l'attachement que je vous

porte, dit le rusé, de la voix la plus pate-
line et la plus modeste.

Dans ce moment , ils venaient d'arriver
à l'entrée du foyer , où ils supposaient devoir retrouver la comtesse Voronine, quand
au milieu d'un rassemblement , dont la
bonne humeur se révélait par des éclats de
gaîté sans cesse répétés , ils la reconnu-
rent à la cocarde bleue de son capuchon,
se débattant, mais en vain, d'entre les grif-
fes d'une panthère hussarde, et emprison-
née dans le cercle des rieurs comme dans
une arène.

— Prenez garde de toucher à Madame,
criait le terrible orateur, ça montre les
dents et vous appelle grossière, si vous
venez à froisser en passant son beau peignoir de satin! Oh ! c'est au moins la reine
Christine ou l'impératrice de *c'te Rue-ci !*

Qu'est-ce qui veut voir, Messieurs et Mesdames, ce phénomène arrivé tout récem-
ment dans la capitale? Il est gros comme
un tonneau, grognon comme un ours, et
rageur comme un dindon; mais il n'est
point méchant, et je vas faire voir à l'hono-
rable soci-li-é-té, qu'on peut l'embrasser
sans courir risque d'être dévoré.—Allons,
mon n'amour, ne soyez pas bégueule et
venez dans ces bras qui vous appellent.

Et en dépit de tous ses efforts et de sa
fureur, la pauvre comtesse se trouvait
enlacée, serrée, par ce petit serpent; et
de gros baisers bien appliqués retentis-
saient sur son col et sur son menton.

—Dans quel guêpier vous êtes-vous
fourrée, lui dit le vicomte en l'entraînant
rapidement dans le foyer pour la soustraire
à cette litanie d'injures drôlatiques.—A
l'instar de vos compatriotes, vous avez

toujours la manie d'intriguer toutes les célébrités littéraires, et vous avez si bien fait, que vous nous avez perdus, et que nous avons passé, mademoiselle Daria et moi, toute la soirée à vous chercher.

— Mais qui peut se douter aussi d'une pareille impertinence? Je venais de quitter Alexandre D.... dont l'esprit, le charme de conversation, m'avait ravie, enchantée, et j'allais vous attendre à la place convenue, quand j'aperçus le comte Boris que j'avais inutilement cherché pendant une partie du bal. Et vite de me précipiter, pour le rejoindre; mais au moment où j'allais l'atteindre, cette misérable fille vint brusquement se jeter sur moi, et faillit me renverser. J'avoue que sous l'impression d'un tel choc, je la traitai de grossière, et c'était bien le moins; mais elle se retourna furieuse, furibonde, et me défila le cha-

pelet d'infamies que vous avez entendues.
— Oh! bon Dieu, quelle horreur que ces
bals! Et comment avez-vous eu la sotte
idée de m'y faire aller? Partons, je n'y
tiens plus. —

. . . .

. . . .

D'un autre côté, le marquis avait enfin
rejoint la princesse aux bras de Boris, et
comme il la suppliait de ne pas le compromettre, et de ne jamais avancer que Vilmure était l'auteur de la lettre anonyme :

— J'ai sauvé ces malheureux, lui dit-
elle, mais j'ai gardé ton secret. — Quand
j'ai forcé le comte de donner son domino
au prince, et de le mettre à sa place, il
voulait absolument connaître tous les fils
de la conspiration. Mais je ne lui devais pas

tant, et pour m'avoir donné une bonne
action à faire, tu méritais un peu de reconnaissance; Allons, reconduisez-moi, méchant homme que vous êtes, et qu'on aime
trop. Pourquoi resterions-nous encore?
N'avons-nous pas bien gagné notre soirée?

. . . .

. . . .

Il était cinq heures du matin, et tout ce
qui était masques et dominos, commençait à déserter. Les jeunes élégants s'en
allaient bras dessus bras dessous avec leurs
maîtresses, souper au café Anglais, ou à la
Maison-Dorée; quelques-uns de nos Russes,
se croyant aussi en bonne fortune, descen-
daient triomphalement les escaliers, et la
salle restait livrée aux danseurs échevelés,
frénétiques.—De tous côtés on n'entendait
plus que les ohé, ohé, le hourra; le cri

de guerre de ces terribles bacchanales et le
galop-monstre allait s'enlever et porter
en triomphe le grand Musard couronné ! —

XIII

Sacrifice.

XIII

Il y a en nous une force vitale extraordinaire. Le corps le plus faible lutte vigou-
reusement contre la maladie, et ne cède
qu'après une défense opiniâtre, disputée
pied à pied. Mais aussi, l'âme la plus forte
s'use vite par la souffrance, et un seul

jour suffit souvent pour briser et trancher
toute une existence ! Et ainsi, il en était
arrivé à Nadine. Sa constitution, frêle, délicate, j'oserai presque dire fragile, sup-
portait depuis plus d'une année, avec une
énergie puissante, un mal terrible, dévorant,
impitoyable. Sa beauté souriait avec un
courage merveilleux aux douleurs qu'il lui
faisait éprouver, et c'était à peine si elle
en laissait entrevoir quelques traces ; mais
tout-à-coup, une soirée d'émotions fortes
et palpitantes avait fait à elle seule d'im-
menses ravages, et avait vengé bien
cruellement sa longue résistance. La veille
encore, Nadine était une fleur charmante,
qui penchait languissamment sa tête, mais
qui ne demandait qu'à vivre aux rayons du
soleil ! Et ce matin, plus rien n'était de son
éclat, de ses charmes ; sa tige était brisée,
et semblait ne plus vouloir se relever !

En vain le bonheur avait-il repris le
dessus et caressé son réveil des plus rassu-
rantes images, la secousse avait été trop
violente, et elle était sortie de son éva-
nouissement, comme une morte d'un lin-
ceuil !

C'était toujours Nadine, mais seulement
son ombre ! La mort avait passé là. —

Et puis, il faut l'avouer, le soupçon qui
a glissé sur le cœur d'une femme aimante,
ne saurait jamais entièrement s'effacer. Les
preuves les plus évidentes peuvent le démentir, il en reste toujours quelque chose !
C'est comme un léger frisson, qui par
instant vous saisit et vous glace. On n'y
croit pas et on le sent involontairement.—
L'amour se meurt sous le coup d'un seul
doute. L'amour, c'est la foi !!

En revoyant le lendemain son Boris, en
le retrouvant à ses côtés, toujours bon,

toujours aimant, toujours tendre, — plus tendre peut-être, que toujours !—elle avait regagné en un instant toute sa confiance première, et son âme s'était laissée bercer au doux murmure de ses paroles; car il se sentait si coupable, qu'il semblait vouloir racheter par un redoublement d'affection tout le mal qu'il avait causé. — Il n'était pas encore repentant; mais cette sécurité qu'il ne méritait pas, lui imposait le devoir d'oublier, et il essayait de donner à ses lèvres des expressions passionnées, comme si elles pouvaient ramener son cœur égaré.

Et alors, elle se disait bien heureuse, la pauvre Nadine, elle ne voulait ni avoir souffert, ni être changée; elle ne se rappelait plus de rien, si ce n'est qu'il était là, tout à elle, et qu'un parjure lui était impossible; et elle le serrait avec force

contre son cœur, comme pour ne pas le
perdre, et en regardant le ciel, qu'elle at-
testait de son retour à la joie.

Mais aussi, quand à son tour Daria, doublement malheureuse, parce qu'elle se trouvait doublement condamnable, vint elle-
même l'entourer de ses soins et lui serrer
affectueusement la main, elle ne put ré-
primer un mouvement de répulsion, elle
éprouva ce froid, ce frisson involontaire
du doute, et ses yeux épièrent avec angois-
ses le moindre de ses regards.

Ces terribles paroles, que lui avait jeté
le domino infernal en la quittant. « Il n'y a
« pas un quart d'heure, j'en fais le serment,
« votre mari était là avec Mademoiselle, »
retentirent de nouveau à son oreille. Elle
les vit partout, écrites en lettres de feu ; et
son imagination ardente la transporta dans

un monde de suppositions pénibles et
mortelles à son bonheur !

A Boris, elle n'avait pas osé parler du
bal et du soupçon jaloux qui l'y avait amenée, craignant que son aveu ne le blessât
cruellement, et persuadée qu'il ignorait
tout ce qui s'était passé ; de son côté, le
coupable s'était bien gardé de lui faire un
seul reproche touchant une jalousie qu'il
savait si justement fondée !... mais dès qu'il
eût quitté la chambre, et ce fut presqu'aussitôt après l'arrivée de Daria, — car sa position vis-à-vis de ces deux femmes lui faisait mal et peur ! — elle se jeta en pleurs
dans les bras de son amie, et s'écria avec
un accent déchirant :

— Ce n'était pas lui, n'est-ce pas, et
pourtant je suis bien malheureuse !!.,.

Daria ne savait pas ici d'autre mensonge

que le mensonge des larmes ; — ce fut sa
seule réponse !

Et toi aussi, tu pleures, continua Nadine, parce que tu es bonne et sensible,
parce que je t'ai fait de la peine, parce que
j'ai douté de ton amitié. Oh ! pardonne-
moi, ma Daria ; mais c'est que tu ne sais
pas encore ce que c'est qu'aimer ! aimer
d'un amour grand comme la pensée, aimer
à n'avoir plus rien à soi, à n'exister que
par un être adoré, de son regard, de sa
parole, et se voir tout-à-coup abandonnée,
trahie..., seule, je ne dis plus à vivre,
mais à mourir ! Un tel malheur, je ne le
comprends pas encore possible ! c'est quelque chose au-dessus des forces de mon
cœur, et rien que le soupçon m'avait fait
folle àtout oublier !... Et tenez, si je vous
avais trouvés ensemble je crois que je
vous aurais tués tous deux !!

Daria fit un mouvement d'effroi, et ses yeux levés au ciel semblaient implorer grâce. En ce moment, son repentir était plus grand que sa faute !!...

— Et si je te disais combien je suis ingrate et injuste, reprit tristement Nadine d'une voix douce comme la prière : depuis hier je t'ai accusée cent fois. Je crois à toi comme à un ange, et cependant je ne puis me défendre à la pensée d'une certaine défiance, d'une vague inquiétude. — Un sentiment nouveau est venu naître en mon cœur, et cette nuit que je ne dormais pas, (vous savez, mon Dieu, combien j'ai pleuré), j'ai tenté vainement de le repousser, Son image m'apparaissait sans cesse, et j'avais peur... peur de toi !!...

— De moi, dit Daria avec l'exaltation d'une promesse..., Oh! non, tu n'as rien à craindre; je te suis à jamais dévouée.

— Mais c'est que tu ne sais pas sans
doute combien tu es jolie? Je ne le savais pas non plus, et c'est d'aujourd'hui
seulement que tout ce qu'il y a en toi de
séduisant, d'irrésistible, s'est révélé à
mon âme. Il faut qu'on t'aime, Daria, et
je le sens, autrement que d'amitié! Boris
t'aimera, j'en suis sûr, s'il ne t'aime déjà.

— Et que puis-je faire pour te tranquil-
liser? car je l'ignore moi-même! — Est-ce
un adieu que tu m'ordonnes? je me sou-
mettrai à tout.

— Non, non, pas d'adieu, car si tu t'é-
loignais, il s'éloignerait peut-être de moi!
tu me fais peur, te dis-je!

Et Nadine regardait Daria avec une admiration craintive, avec une sorte d'envie.

— Mais dis-moi, ajouta-t-elle, tu ne m'as
pas encore expliqué comment il se fait que
tu étais dans cette loge avec le prince.

— Pourquoi ce rendez-vous ? Tu l'aimes
donc !

Daria pâlit ; elle n'avait pas prévu cette
question si naturelle, et elle ne savait qu'y
répondre.

—Il est des secrets qu'on se cache souvent
à soi-même et je n'ose me plaindre de ton
peu de confiance, continua Nadine, mais si
tu l'aimes, pourquoi ne pas l'épouser ? Oh !
cette inspiration me vient du ciel, et cette
idée seule me rend toute ma sécurité.
D'ailleurs, ne te souvient-il pas de mes premiers projets ! C'est un mariage que j'avais
déjà rêvé...

— Et qui est impossible, ma cousine,
dit le prince qui venait d'entrer, sans
qu'aucune d'elles ne s'en fut aperçue,
taut leur préoccupation était grande ! Mademoiselle n'a jamais eu pour moi la moindre sympathie, et vous savez depuis long-

temps ma résolution irrévocable de ne pas me marier.

Le soupçon vint de nouveau comme un éclair frapper le cœur de Nadine.

— Et alors pourquoi étiez-vous là, lui dit-elle ?

Et ses yeux l'interrogeaient impatiemment.

De son côté, Daria le suppliait aussi du regard, mais il restait impassible et comme un juge dont aucune influence ne pouvait changer la détermination; son visage était grave, sérieux, solennel; sa première parole allait décider d'une existence !

— J'étais là, dit-il, non pour mon compte, mais pour celui d'un autre. — Ne savez-vous pas, ma cousine que je n'ai jamais joué que les rôles de confident?

Il sourit tristement en appuyant sur ces derniers mots ; mais Nadine n'avait plus de

passé que celui de la veille !... elle n'allait
pas plus loin.

— Et qui vous avait chargé de ce rôle ?
dit-elle avec une dureté que l'amour seul
pouvait justifier.

Daria se sentait mourir ! elle ne comprenait pas que celui qui l'avait sauvée, pouvait vouloir aussi la perdre !

— Je ne devrais peut-être pas vous le
dire, ma cousine, répondit le prince, car ce
n'est pas mon secret ; mais Mademoiselle
Daria me pardonnera mon indiscrétion,
elle est nécessaire, elle est forcée.

— Son nom, interrompit Nadine, toujours plus impatiemment.

— Grâce, Monsieur, murmura la malheureuse, qui se croyait trahie.

— C'est le vicomte de Vilmure, appuya
fortement le prince ; il n'a pu voir chaque
jour, sans l'aimer, Mademoiselle Daria, et

il a placé tout son avenir dans la pensée
d'obtenir sa main. — Hier, à ce bal, il
m'avait chargé de plaider sa cause, et j'espérais la gagner, quand dans un accès de
jalousie, fondée sur la base la plus frivole,
la lettre d'un lâche qui n'ose pas même si-
gner, vous êtes venue couper court à mon
éloquence. Du reste, je veux continuer ici
mon plaidoyer et je ne doute plus du succès de ma démarche, en songeant qu'il s'a-
git aujourd'hui non-seulement du bonheur
d'un seul, mais de celui d'une amie, dont
le cœur d'or ne doit pas être indignement
brisé.

Et cette fois l'espérance revint aussi vite
au cœur de Nadine, que tout-à-l'heure le
doute.

— Je me joins aux prières du prince,
dit-elle avec une vivacité qui trahissait le

sentiment de sécurité dont son âme était
avide. — Epouse-le, Daria, épouse-le!!...

La pauvre enfant était interdite, immobile, il lui semblait rêver, et ses yeux restaient fixés avec une expression de terreur sur cet homme, qui disposait sans
aucun droit de sa destinée.

— Vous connaissez le vicomte depuis
votre enfance, Mademoiselle, reprit le
prince, il vous aime, parce qu'il connaît
votre cœur, et qu'il apprécie tout ce
qu'il y a en lui de bon, de tendre, de généreux!

— Et voyez, la dissimulée, s'écria Nadine avec un sourire où revivait le bonheur, elle n'ignorait rien de cet amour,
(une femme n'ignore jamais la sympathie
qu'elle inspire), et elle ne m'en a pas dit
un mot! Peut-être même n'y est-elle pas in-

sensible? Oh! cette pensée me ravit, me transporte, toutes mes craintes, mes tourments s'effacent. — Après cette maudite soirée de bal, le repos ne m'était plus possible, je savais la fausseté de mes soupçons, mais ils restaient là et me creusaient le cœur, et c'est encore toi, que cette défiance devait désespérer, qui as trouvé le seul moyen de me rendre la tranquillité. — Merci, merci, ma Daria..... je te salue vicomtesse de Vilmure, je n'ai plus peur !

— Vous entendez, Mademoiselle, dit le prince, la tranquillité de votre amie est au prix de ce mariage ; il faut qu'il se fasse.

— Mais, Monsieur, dit celle-ci, qui comprenait enfin l'étendue du sacrifice qu'on exigeait d'elle, un pareil consentement ne peut être donné ainsi, si vite, d'une manière si brusque.

— Il y a des circonstances où l'hésitation n'est pas possible, Mademoiselle, reprit l'inexorable juge, et se penchant vers
elle : quand il a fallu vous sauver, je n'ai
pas hésité ; à votre tour sauvez-la !

—Que M. de Vilmure voie donc ma tante,
dit Daria, qu'un dernier regard de la comtesse venait de décider, son consentement
sera le mien!... et tu me pardonneras, Nadine, tu m'aimeras comme autrefois, mieux
qu'autrefois, n'est-ce pas?

Et la malheureuse victime se jeta dans
les bras de son amie : elle n'avait plus
honte de la serrer sur son cœur. Elle était
quitte envers elle! Son sublime dévouement
effaçait sa trahison.

— Je n'ai rien à te pardonner, répondit
Nadine, qui se retrouvait trop de bonheur

pour deviner sa souffrance, et si pour la
réalisation de ce mariage, je ne soupçon-
nais ton cœur de moitié avec le mien, ce
serait à moi au contraire à refuser un pareil
sacrifice !... Quant à t'aimer, ce ne sera jamais mieux ; car voudrais-tu que Boris fût
jaloux à son tour?... Et maintenant, pourquoi tes yeux sont-ils encore voilés par les
larmes? La vie de la jeune fille nous pèse,
et quand il nous faut la quitter, nous nous
prenons aux regrets. D'autres joies nous
attendent plus vives, plus tranchées ; mais
ces joies naïves, ces joies d'enfants,—souvenirs du ciel,—nous ne les reverrons plus !...
Oui, c'est cela, et n'est-ce pas que je te
comprends? Je me reconnais, et je t'envie!
Je voudrais revenir où tu en es...

Daria lui répondit oui, en inclinant légèrement la tête ; mais en même temps,

elle jeta au prince un sourire de martyre,
un sourire ironique qui lui disait : Mon supplice n'est-il pas assez grand, faut-il encore
qu'on m'envie?

Et comme à ce moment, la comtesse
Voronine venait de l'envoyer chercher, elle
profita de cette circonstance pour partir,
et terminer une conversation qu'elle ne
se sentait plus la force de soutenir. De
son côté, Nadine ne la retint pas, comme
de coutume; son affection, sans avoir changé, avait quelque chose de gêné, qu'elle ne
s'expliquait pas.

Ces deux êtres se sentaient toujours unis
par l'amitié la plus tendre. Mais l'amitié
a ses bonnes et mauvaises veines... on en
vit, on en meurt, et cette seconde veine
commençait!

Le prince sortit avec elle, et la recon-
duisit jusqu'à sa voiture.

— Êtes-vous satisfait, Monsieur, lui
dit-elle avec une amère tristesse, j'ai consenti à tout ce que vous avez voulu.

— C'est bien, Mademoiselle, reprit le
prince en lui serrant la main, et du regard
le plus reconnaissant, on n'aurait pas plus
obtenu d'un ange ! Votre ingratitude ne fut
qu'un instant d'oubli, et votre dévouement
est ce qu'il y a de plus sublime. Vous pouviez me démentir et la tuer avant huit
jours, et vous ne l'avez pas fait. — Votre
amour est vrai, votre amour est grand,
votre amour est céleste, puisqu'il se sa-
crifie! Cette chose-là mérite récompense.
Dieu est juste et bon, vous l'aurez! —

Et lorsqu'il rentrait chez lui, le cœur
aussi triste qu'heureux de ce qui venait de
se passer, il rencontra Boris que l'inquié-

tude, la souffrance avait amené à sa porte, pour demander à l'amitié et conseils et consolations.

— Tu les a vues, dit-il avec une agitation qu'il ne pouvait maîtriser. Eh bien ! que dois-je faire ? Les soupçons de Nadine sont-ils dissipés ? Daria ne s'est-elle pas trahie ? Mon Dieu, parle donc, depuis une heure je ne vis plus !

— Mon cher Boris, répondit le prince, je te sais malheureux, et je ne veux pas te faire des reproches ; mais tu as frappé ta pauvre femme d'un coup terrible, et je n'ose en prévoir les suites funestes. J'ai bien fait ce que j'ai pu pour lui rendre un peu de calme, de repos, mais la passion a de terribles instincts, presque impossibles à tromper, et pour en arriver là, il m'a fallu compter sur toi, sur un effort de courage bien pénible, sans doute, mais digne de ton cœur noble et généreux.

Boris l'arrêta et lui serrant fortement le bras :

— Que veux-tu dire? que vas-tu me demander? Je suis prêt à donner ma vie pour Nadine; mais l'amour, qui vit en moi, qui me brûle....

— Doit y rester enfermé comme dans une tombe... et il lui faut sans plus tarder une barrière invincible. Le devoir, la reconnaissance te l'ordonnent, Boris. Je n'ose parler de sa tendresse; peut-être ne sais-tu plus la comprendre?

— Mais enfin qu'exiges-tu?

— L'abnégation qu'a montrée Daria, pour sauver Nadine. Car elle a compris, elle! que sa vie, c'était son amour. Elle

consent à épouser le vicomte de Vilmure.

Boris se prit la poitrine avec rage,
comme s'il se sentait blessé.

—Jamais, jamais, s'écria-t-il, je saurai
bien l'en empêcher.

— Tu ne le feras pas, Boris; car ce
serait d'un malhonnête homme, et tu es
bon et loyal.—Un jour, tu promis à l'autel
de la rendre heureuse; et avec une foi
sainte elle s'est livrée à toi tout entière.
N'est-ce pas assez d'être parjure? Voudrais-
tu te faire son bourreau?

—Ton amitié est dure et cruelle; on
voit bien que tu n'as jamais su aimer d'a-
mour! Mais si j'y renonce, à cet amour!
si je rejette loin de moi tous ces rêves
insensés, qu'est-il besoin de cet obstacle?

Pourquoi cette chaîne, pourquoi le malheur de Daria?

— Une belle action n'a jamais porté malheur; c'est un rayon du ciel qui vous illuminerait, même en prison. — Elle aurait bien plus souffert en trahissant! — Le remords est un soufflet au cœur qui ne s'efface jamais!

Mais Boris n'écoutait rien; il était tout à son amour, qu'on allait lui enlever.

— Et si peu de temps a suffi pour la décider, dit-il, sans m'avoir vu, sans m'avoir parlé, c'est impossible!!!

— Il le fallait, pour Nadine, qui doutait encore, pour vous deux, qu'un mot, un regard pouvait de nouveau réunir. Allons, du courage, mon ami, d'autres que toi, peut-être, savent aussi ce qu'il en coûte pour refouler en leur âme la passion qui vous entraîne, et qu'il n'y a jamais trop de

barrières pour l'arrêter!...— Crois-tu donc
que tu sois le seul, qui se soit jamais sa-
crifié?

XIV

Tactique.

XIV

Ce même jour, et pendant que les deux amies se réconciliaient avec leur cœur, celle-ci par la confiance, celle-là par le dévouement, la comtesse Voronine et le vicomte de Vilmure luttaient avec leur esprit et de ruse et d'adresse. Il était trois

heures de l'après-midi, et la noble dame
était encore couchée. Un demi-jour rosé
pénétrait doucement dans sa chambre et
venait délicatement l'éclairer sur son lit
drapé de mousseline avec un fond de soie
bleue changeante. Sous cette teinte mysté-
rieuse, son visage n'avait pas de rides, et
sa main ressortait jeune et blanche sur un
magnifique couvre-pieds de guipures. Le
vicomte était dans un fauteuil, à ses pieds, à
demi-penché en avant, et s'emparant parfois
de ces jolis doigts, qui jouaient avec leurs
bagues.

— Vous êtes ce matin fraîche et rose,
belle amie, et je soupçonne un peu de
paresse coquette dans votre maladie.

—Ce méchant bal m'a brisée, et je me
sens toute souffrante. Et puis, cette épouvantable scène m'est revenue vingt fois

dans mon sommeil comme un cauchemar ;
j'en ai la fièvre.

Et elle tira son bras hors du lit avec une
sorte de lassitude. Chez bien des femmes,
parler d'un mal, c'est l'avoir !

— Et Daria, hasarda avec intention le
vicomte, n'a-t-elle pas aussi été fatiguée
de sa triste aventure ?

— Quelle aventure ? Elle est entrée ici
ce matin avant d'aller chez son amie, et
elle ne m'a parlé de rien.

— Elle aura cru que personne ne l'avait
reconnue, et je l'espérais aussi comme elle ;
mais à mon déjeuner, déjà quelques amis
sont venus m'en faire force cancans.

— Et qu'est-il donc arrivé ? Raoul, vous
m'impatientez.

Le vicomte avait affaire à forte partie,
et avant d'engager un combat sérieux avec

elle, il se plaisait toujours à la harceler, à la tourmenter, afin de lui faire perdre de son sang-froid, et par là de son adresse.

— J'avais tout prévu la veille, dit il, et vous avais prévenue; mais vous en avez ri comme d'une chose charmante.

— Qu'est-ce à dire?

— Eh! mon Dieu! ne vous avais-je pas averti qu'elle avait donné un rendez-vous au comte, et ne m'avez-vous pas répondu ironiquement que j'étais curieux et fort amusant avec ma jalousie? — Eh bien! que s'en est-il suivi? C'est que voilà votre nièce compromise, et qu'on va vous accuser hautement dans le monde d'en être la première cause.

— Mais de grâce, m'expliquerez-vous ce qui s'est passé?

La comtesse, touchée à l'endroit délicat, l'opinion du monde, s'était à demi-levée

sur son séant et regardait le vicomte avec
une anxiété pénétrante. Elle était toujours
sur ses gardes ! —

— L'aventure est des plus étranges et
des plus embrouillées, dit le vicomte, peu
embarrassé de ce regard , et chacun la raconte à sa manière. On prétend que deux
dominos se trouvaient dans une loge des
secondes , quand une femme, aussi en domino , y est entrée brusquement et leur a
arraché le masque. Alors une attaque de
nerfs est venue compliquer la scène, et le
public s'en est mêlé. Mais sa curiosité n'a
été qu'en partie satisfaite ; car le héros de
l'aventure , doué d'une force herculéenne,
saisissant tout-à-coup dans ses bras la belle
évanouie , l'emporta hors de la salle , et il
n'est plus resté exposé à tous les regards
que le troisième personnage. — Le personnage, c'était Daria ! !.... A ce moment

attiré par le bruit, je suis arrivé là, et
aussitôt de m'élancer, de lui remettre son
masque, et de l'entraîner hors de la foule
qui l'entourait. Déjà même je me flattais
qu'on ne l'aurait pas reconnue ; mais le
monde a toujours des yeux pour le mal,
rien n'échappe à sa méchanceté, et vingt-
quatre heures ne se sont pas passées, qu'il
s'occupe d'une série de versions pénibles
et fatales. La présence de Daria donne lieu
à mille conjectures. — Selon les uns, les
deux masques inconnus, sont le comte
Boris et sa femme ; selon d'autres, d'Arvilliers et la princesse Eudoxie, et bien
mieux, j'ai peine à vous l'avouer, il y a
nombre de fous, qui vous nomment ainsi
que moi. —

La comtesse, à cette dernière supposi-
tion devint pourpre de rage. Elle oubliait
déjà le malheur de sa nièce pour ne pen-

ser qu'au ridicule qui pouvait l'atteindre.

— Comment, et moi aussi! dit-elle, ou me mêle à toute cette intrigue! Mais c'est abominable, et je saurai bien prouver la fausseté de pareilles inventions... Et d'abord, je veux savoir la vérité tout entière.

Elle donna un violent coup de sonnette.

Une de ses femmes entra.

— Qu'on aille chercher mademoiselle Daria, dit-elle, chez la comtesse Ludmiloff.

—Et quand Daria vous avouerait, reprit le vicomte, que cet homme était le comte Boris, que cette femme était la comtesse Nadine, irez-vous le crier par le monde? Quelle réparation un homme marié peut-il donner à votre nièce? — Et d'ailleurs, personne ne vous croira.—Après les bruits qui circulent, on dira bien vite que vous vouliez rejeter sur d'autres l'accusation qui pèse contre vous.

— Et vaut-il donc mieux me laisser accabler par les mille plaisanteries, qui ne manqueront pas de pleuvoir sur mon compte?

— Peut-être est-ce le seul moyen de tout réparer.

— Une rivalité avec ma nièce! Le moyen est singulier! Il y a de quoi me perdre à jamais dans l'esprit de toute la société. — Et ne me connaissez-vous pas encore, Raoul? Ne savez-vous pas combien je tiens à l'opinion du monde, dans lequel je vis, et où je me suis si admirablement placée?

— Et c'est parce que je sais tout cela, chère amie, que je vous donne ce conseil! Vous n'hésiteriez pas peut-être à sacrifier votre nièce, mais cet abandon vous brise-

rait aussi bien qu'elle, et vous ne le ferez
pas. Il vous faut donc la défendre, et la
fable qu'on a imaginée sur notre compte,
pourrait sans doute la sauver. Car enfin, qu'y
aurait-il d'extraordinaire, à ce qu'ayant
connaissance d'un rendez-vous donné à
votre nièce, vous fussiez venue pour l'empêcher. — Et alors, quant à cette rivalité.
dont vous craignez l'accusation, ne vous
est-il pas facile de la faire tomber?

— Et comment?

— Par un seul mot : Je les marie.

La comtesse ne lui laissa pas le temps
de continuer sa phrase, et bondissant sur
son lit et lui saisissant le bras :

— C'est vous, Raoul, qui avez préparé
cete terrible trame, et j'aurais dû le deviner plus tôt.

— J'aurais dû m'attendre aussi à cette
nouvelle injustice, répondit le vicomte

avec un accent blessé. Vous ne m'aimez plus, Sophie, car vous doutez sans cesse de mon cœur.

Il fit un mouvement pour se lever.

—Et comment ne douterais-je pas? reprit la comtesse, qu'il fallait vraiment croire souffrante, tant elle se possédait peu. Depuis mon retour, vous ne rêvez que Daria, et chez vous, tout semble calculé pour arriver à l'obtenir. Je n'aime pas le partage, Raoul, vous ne l'aurez pas!

Grâce à sa colère, ou à son état maladif, elle abandonnait pour la première fois ses plans de temporisation, et tranchait la question par un *non* bien décidé.

Le vicomte avait l'avantage, son sang-froid devait l'emporter.

— L'idée de vous la demander, dit-il avec une fierté bien jouée, m'était venue autrefois, je ne le nierai pas, car je voulais un lien indestructible pour vivre à vos côtés. Mais du moment que mon projet a paru vous déplaire, j'y ai renoncé bien franchement, et ce n'est qu'à cette circonstance cruelle, que vous avez peut-être amenée, (car vous avez eu un aveuglement inouï touchant les assiduités du comte, vous sembliez même les encourager !) ce n'est, dis-je, qu'à cette circonstance, que s'est réveillée ma première pensée. Je me suis dit : De cette manière, tout méchants propos cessent. Elle se retrouve la première, l'irréprochable de toujours ; elle s'attache à jamais un ami, mieux qu'un ami ! et elle va gagner encore aux yeux du monde en désintéressement et en bonté. —

Le plaidoyer avait une éloquence persuasive. Cet arrangement, à l'égard du monde, aurait séduit moins vulnérable que la comtesse sur le point d'étiquette et de

convenance sociale; mais elle avait aussi
près de son cœur un avocat puissant, qui
lui interdisait toute espèce de concessions
à l'endroit de sa souveraineté de maîtresse!
Sa ténacité de caractère, que sa vieille
jeunese avait changée peu-à-peu en entêtement, l'emportait sur toute autre considé-
ration. Elle s'était arrangé, à sa guise,
le reste de son existence; et il lui paraissait
impossible que qui que ce soit vînt y
mettre obstacle. — C'était l'enfant gâté de
sept ans, depuis soixante ans! —

— Si ce que vous dites est vrai, Raoul,
reprit-elle, je vous remercie et j'ai eu
tort de vous accuser. Mais, je vous en pré-
viens, qu'il ne soit pas maintenant question
de ce mariage. Qui sait d'ailleurs, si votre
affection pour moi ne vous a pas fait voir
en tout ceci plus de gravité qu'il n'y en a
réellement ? Attendons quelques jours.

— Oui, cela est plus raisonnable, dit le vicomte en pinçant méchamment les lèvres; d'ordinaire à Paris, le monde, qui vit d'immoralités, ne pardonne jamais le scandale, mais il vous aime tant! Je parierais pour une exception en votre faveur.

La comtesse pencha la tête en arrière, comme pour le mieux voir, et avec une affectation ironique, qui valait bien celle du vicomte :

— Bon Dieu! dit-elle, que vous tenez aujourd'hui à ma réputation!

— Madame la comtesse, le médecin vient d'arriver, dit en russe une femme de chambre, apparaissant à la porte, — faut-il le faire entrer?

— Je ne sais... Attends un instant, fit la comtesse en se laissant aller sur son oreiller avec un mouvement de tête, tout d'incer-

titude et de contrariété...... Raoul, c'est
le médecin, si vous alliez le recevoir?.....
Je suis si agitée! Tout ce que vous m'avez
dit, m'a mise dans un état d'irritation!....
Je n'ai vraiment pas la tête à moi!.... Mais,
j'y pense, il doit sortir à cette heure de
chez madame Ludmiloff, je suis curieuse
de savoir comment il l'a trouvée. Si elle est
l'auteur de l'esclandre, sa santé a dû s'en
ressentir.... Décidément je le recevrai....
Il me donnera quelque chose pour me
calmer le sang.... Raoul, il me semble
inutile qu'il vous trouve ici ; ces gens-là
sont si indiscrets, quoiqu'ils en disent!....
...Douniachka, fais-le entrer par le ca-
binet.

Raoul baisa la main de sa petite maîtresse
un peu plus vieille que nature, et entendant déjà la toux de jujube du docteur, il
entra, sans plus attendre, dans le salon.

— Ma tante serait-elle plus souffrante,
monsieur de Vilmure, dit Daria en se
montrant presque en même temps par la
porte opposée, et sauriez-vous pourquoi
elle m'a envoyée chercher?

— Elle a voulu, Mademoiselle, vous demander des détails sur cette triste histoire
du bal, à laquelle vous vous êtes trouvée
mêlée, et dont malheureusement déjà, on
parle dans tout Paris.

Daria joignit les mains en suppliant.

— Hier soir, vous avez été si bon pour
moi, monsieur de Vilmure, ne le serez-
vous pas encore aujourd'hui?

— Mais en quoi puis-je vous être utile?
reprit le vicomte; parlez, je suis tout à
vous.

La jeune fille hésita quelques instants?
puis levant les yeux au ciel comme pour
s'assurer du courage :

— J'ai commis une faute, dit-elle, et je dois la réparer. J'ai trahi l'amie la plus tendre, et il faut qu'elle ignore ma trahison. Tout-à-l'heure, par une question imprévue, sa jalousie instinctive a failli tout découvrir, et si un secours providentiel ne l'eût rappelée à la vie, je voyais la malheureuse, qui se mourait là, sous mes yeux, pour moi! Mais pour la sauver, il a fallu invoquer votre nom, monsieur le vicomte, et j'ignore si celui qui l'a osé, n'a pas trop préjugé de vos intentions.

—Que voulez-vous dire, répondit Raoul, dont la surprise était vraie, mais qui ne craignait pas de s'aventurer en beaux serments, en tant qu'il s'agissait de l'unique objet de son ambition,—Quel que soit celui qui a pu se servir de mon nom, s'il l'a fait pour vous, je ratifie à l'avance tout ce qu'il aura promis.

Daria baissa les yeux.

Après ce premier élan de franchise et d'exaltation, cette confession si belle et si naïve de sa conduite à celui même auquel toute autre l'eût cachée, sa timidité de jeune fille reprenait le dessus et reculait devant l'aveu le moins difficile, ce qu'elle savait être pour lui la réalisation de tous ses vœux.

— Depuis quelque temps dans le monde dit-elle enfin avec embarras, on a parlé d'espérances que vous aurait données ma tante à mon égard, et le prince Roubest-koy, (car c'est lui qui est venu à mon aide) n'a pas craint d'en profiter. —

— Ces bruits, je ne sais comment ils se sont répandus, répondit Vilmure, qui ne pouvait deviner la vérité, tant elle avait d'invraisemblance, et qui dans l'incerti-tude croyait nécessaire avant tout de se disculper de ses indiscrétions. Je n'aurais jamais osé parler de mes espérances, puisque vous ne les aviez pas autorisées.

— Et si, forcée par une circonstance imprévue, je ne les avais pas démenties ! dit Daria, qui reprenait la souplesse de mots féminine, en voyant Raoul abdiquer son rôle souverain, pour se mettre à sa merci.

— Oh ! vous me trompez, n'est-ce pas, Mademoiselle ? fit le vicomte étourdi de ce bonheur inattendu et en se passant la main sur les yeux, comme au sortir d'un long sommeil. Répétez-moi ces paroles célestes, dites-moi que tout ceci n'est pas un rêve !

A cette joie exaltée, Daria crut qu'il prenait pour un aveu ce qui n'était qu'un sacrifice.

— Depuis hier, monsieur de Vilmure,

lui dit-elle avec embarras, j'ai pour vous
de l'estime et je vous suis reconnaissante;
mais je ne sais pas mentir, je ne puis pas
vous aimer.

Raoul tomba à ses pieds.

—Oh! vous m'aimerez, vous m'aimerez!
s'écria-t-il avec une passion et un entraî-
nement qui avaient toute la magie de la
sincérité, tant il était fou de sa fortune inespérée; car j'aurai pour vous des
trésors de tendresse et de sollicitude, et
ma vie ne sera consacrée qu'à deviner, à
gagner votre cœur. Un instant, votre vive
imagination s'est égarée, et ce n'était pas
votre faute, car vous couriez à l'abîme,
poussée par la fatalité, ou peut-être par
une volonté plus puissante que la vôtre;
mais vous êtes restée pure et ange, et à
force de soins et d'amour, j'arriverai à
votre reconnaissance.

— Monsieur Raoul, relevez-vous, dit
Daria, qui souffrait péniblement de ces
protestations, parce qu'elle sentait en son
âme l'autre amour qui lui parlait plus
haut ; avant de vous écouter, ne dois-je pas
attendre le consentement de ma tante ?...

— Oui, c'est vrai, je l'avais oublié,
reprit le vicomte, mais c'est qu'aussi j'ai
besoin de faire provision de vos douces
paroles pour savoir emporter d'assaut
cette difficulté. La comtesse, je ne vous le
cache pas, s'opposera de toutes ses forces
à cette union. Il n'y a qu'un instant encore, car j'y pensais aussi comme vous,
elle m'a fait un refus positif, et ce n'est
qu'avec de la patience et du temps......

— Vous êtes dans l'erreur, mon cher
vicomte, dit la comtesse, sortant de sa
chambre à coucher, vêtue d'un ample pei-

gnoir de mousseline, coiffée d'un bonnet
à rubans cerises, et aussi souriante et
aussi gaie, qu'elle avait été tout-à-l'heure
maussade et nerveuse. Si je n'ai pas voulu
jusqu'ici consentir à vous donner la main
de Daria, c'est que je craignais de lui déplaire.

Mais du moment que vous êtes tous
deux d'accord, il faudrait être mauvaise et
cruelle pour vous refuser. Et non-seulement je ne m'oppose pas à votre union,
mais je désire qu'elle se fasse le plus vite
possible, — avant un mois, — dans huit
jours!...... J'espère que vous êtes content,
mon cher Raoul, mon futur neveu; relevez-
vous donc, vous devez avoir mal aux genoux !...

Et elle offrit galamment sa main au
vicomte, qui restait atterré, confondu, et

cherchait en vain à s'expliquer ce revire-
ment subit et mystérieux.

La comtesse avait repris son masque
habituel du monde ; en renonçant à son
amant, on aurait dit qu'elle lui avait aussi
ôté le droit de la deviner.

— Ma chère Daria, dit-elle alors en
appuyant sur chacun de ses mots, rappelle-
toi toujours que je n'ai cédé qu'à ta prière.
— Tu peux annoncer ton bonheur à tes
amis.

Il y a de quoi faire mourir de joie la
comtesse Nadine, qui te porte tant d'intérêt.....

.   .   .   .

.   .   .   .

.   .   .   .

.   .   .   .

— Qui avez-vous donc vu, pendant le

temps que j'étais ici? dit le vicomte, qui tenait à pénétrer sa pensée.

La comtesse sourit perfidement :

— Mais, mon cher ami, vous le savez bien, mon médecin !......

 XV

Le Mariage.

XV

Où y a-t-il fête ce soir au faubourg Saint-Honoré? Où se dirigent tous ces équipages brillants, qui ont un air de solennité, et font luxe de toutes parts, par la beauté des chevaux et l'éclat des harnais, la profusion des armoiries et les crépines d'or des housses; par la houppelande fourrée des

cochers, les galons et les aiguillettes des
laquais? Pourquoi cette pompe, cet éta-
lage officiel? Y a-t-il bal à l'ambassade
d'Angleterre ou de Naples, ou bien spectacle à l'hôtel Castellane?.... Mais non,
cette foule pressée et désordonnée de voitures, qui se passent et se dépassent sans
cesse, et dont on voit courir et se croiser
les feux des lanternes, a déjà laissé loin
cette partie fashionnable du faubourg ; la
voilà qui monte jusqu'à la rue d'Angou-
lême, tourne à gauche, puis encore à
gauche et se trouve enfin arrêtée par le
gendarme de rigueur, qui met le holà à sa
course rapide et la change soudainement
en une procession lente et réglée.

Allons, suivons la file, ou plutôt glissons-nous le long des portières, jetons
un coup-d'œil rapide en passant sur ces
jeunes femmes, qui se calinent doucement

au fond de leur dormeuse,— sur ces autres
non moins jolies, et qui n'osent faire toucher aux coussins de satin leur toilette de
gaze ou de mousseline ; — laissons derrière
nous ces figures à cinquante printemps,
et qui sur leur coiffure en accumulent
toutes les fleurs pour essayer d'y faire
croire encore,—tâchons de remarquer sans
rire toutes ces têtes pointues de diplomates,
se carrant dans leur importance, et se
faisant à elles-mêmes un certain effet.
— Soyons philosophes pour un instant, en
voyant dans leur merveilleux coupé ces
beaux couples que le bonheur et la fortune ont gâtés et que le mariage et la société font sommeiller d'ennui et de fatigue!
Il y a de tout dans cette immense chaîne,
la beauté à deux pas de la laideur, la grâce
à côté de la grimace, la jeunesse vis-à-vis
de la vieillesse, le plaisir près de la souf-

france, l'esprit en regard de la sottise, le
talent en face de la vanité! —C'est la collection complète des romans du cœur aristo-
cratique; et croyez-moi, le bonheur n'est
pas là toujours!....

Mais avançons encore, nous ne devons
plus être loin de l'endroit où se donne la
fête. Où est le palais illuminé dans la cour
duquel chaque équipage fait triomphalement son entrée et jette au péristyle l'heureux de la soirée?.... Le palais est une
maison de la plus modeste apparence, remarquable à l'extérieur par un assez long
mur sans fenêtres, et n'ayant qu'une petite
porte étroite sous laquelle les voitures en-
trent difficilement, et une petite cour où
elles ont peine à tourner. C'est bien là
pourtant, que descend tout ce monde en
grande toilette, en habits de galas ! Le
voilà qui se dirige à droite, sous le porche,

et un suisse, assez richement galonné, lui
ouvre les portes.... Au premier moment,
on se croirait dans un salon, car il y a là
des lustres allumés, on aperçoit des dra-
peries aux fenêtres, on marche sur un
tapis ; mais cette impression mondaine est
de peu de durée. Les yeux sont frappés
presqu'aussitôt de ce mur d'images saintes
devant lesquelles brûlent des lampes d'argent, et qui s'élève aux deux tiers de la
salle comme une barrière sacrée. Et toute
incertitude cesse, on est dans un lieu
voué à la piété, dans quelque temple chrétien, mais d'un rite inconnu à la France.—
C'est l'Orient, notre sœur d'autrefois, qui
sur les rives parisiennes a fait un refuge,
un petit nid à ses fidèles ! C'est la chapelle
grecque, la chapelle des Russes à Paris !....

Mais alors quelle cérémonie peut-il y
oir à cette heure ? Et pourquoi cette foule

parée selon l'étiquette du plaisir? On ne va
pas dans une église avec ces riches costumes, réservés aux seules joies de la terre,
et le culte bizantin n'ordonne pas, que nous
sachions, une tenue de bal pour la prière?

Si nous étions à la nuit de Pâques,
à cette nuit solennelle, que les Russes
fêtent en famille dans cet asyle religieux,
nous ne devrions pas nous étonner de les
voir tous mis avec la plus grande recherche, les femmes, réjouissantes de
leurs robes blanches comme la neige, les
hommes éblouissants de leurs habits bro-
dés, de leurs croix, de leurs cordons!
Nous ne verrions pas sans une sorte d'at-
tendrissement cette assemblée patriarcale,
qui s'est faite belle et pompeuse pour venir
saluer le roi des rois, qui ressuscite et sort
de son tombeau! — Nous nous mêlerions
involontairement à cette réunion de frères,

nous prendrions comme eux un cierge
allumé, symbole de la foi qui brûle en
nos cœurs, et comme eux encore, nous
échangerions ces baisers de paix et de ré-
conciliation en disant : Jésus-Christ est
ressuscité, — oui, en effet, il est ressuscité !.... — Ce tableau a quelque chose de
grand, d'élevé, de sublime, et fait honte
à notre tiédeur qui l'a effacé de nos usages
religieux !

Mais revenons à notre sujet, — ici il ne
peut être question de cet anniversaire
divin, on est en pleine époque de carna-
val, et tous ces frais de parures ont un
motif plus terrestre. D'ailleurs il y a là
foule de catholiques. Le noble faubourg
envahit la moitié de la place, et à moins
de force majeure, son intolérance ne saurait assister à quelque solennité grecque.

Il y a force majeure cette fois, — la cé-
lébration d'un mariage! le mariage du
vicomte de Vilmure avec la nièce de la
comtesse Voronine!!...

— Pardieu, cela s'est décidé vite, dit au
comte Axanine le jeune roué de vingt-deux
ans que nous connaissons du bal masqué,
et qui s'était placé à l'entrée de la chapelle
pour voir passer les femmes, comme s'il
n'avait fait que changer de théâtre. — On
n'a jamais vu personne plus expéditive que
notre chère comtesse. Il n'y a que dix-huit
jours qu'à l'Opéra il n'en était pas question,
et la chose bâclée à la mairie ce matin,
se bénit en double ce soir! Est-ce que ces
sortes d'affaires se font ainsi en Russie?
Dans ce cas, on se hasarderait volontiers à
y aller passer huit jours, pour attraper au
vol quelque boyarde millionnaire!

—La chose ne s'est pas faite aussi prompte-
ment que vous le supposez, Monsieur
de Frenneville, répondit Axanine ; depuis
longtemps, je le sais, le vicomte manœu-
vrait sourdement dans l'intention d'arriver
là ; je lui en avais même un jour soufflé
quelques mots. Mais ce qu'il y a de préci-
pité, c'est le dénouement, et il a dû falloir
de sa part un fameux coup de jarnac pour
avoir déterminé ainsi la comtesse à se faire
veuve par sa propre grâce !...

— Il est vrai que les femmes sont au
rebours des poires et des pommes, reprit
en riant le débutant émérite et de ce ton
de trivialité affectée, que recherchent nos
singes de la régence, — plus c'est mûr,
plus ça tient à l'arbre. Passé le premier
cheveu blanc, on ne s'en débarrasse plus.
Il était temps pourtant à la belle d'enrayer
et au maître-lion de faire une fin. Le beau

commençait à sentir le vieux ; tandis que
le voilà rajeuni de vingt ans à la tête de
la plus jolie de vos jolies compatriotes,
et de deux mille cinq cents paysans, je
crois que cela se dit ainsi, n'est-ce pas?...
Et le tout, sans compter les paysannes qui
ne comptent pas chez vous, barbares que
vous êtes!!....

Axanine le poussa du coude, et lui désignant des yeux deux jeunes personnes
charmantes qui entraient, et que suivait
leur mère, non moins attrayante que si
elle eût été leur sœur :

— Si au lieu de nous faire barbares,
dit-il, à propos de nos paysannes, qui ne
sont guère tentantes, je vous l'assure, et
que Dieu a plutôt créées pour pondre des
enfants que pour jouer à l'amour, vous
me mettiez un peu au courant de la plupart
des *vôtres* qui sont ici...

— Va pour la revue demandée, fit im-
pertinemment le fat qui se sentait en train,
nous les savons toutes par cœur!

— Eh bien! d'abord ce bouquet de trois
roses que nous venons de respirer en
passant. —

—C'est donc la revue des deux mondes,
qu'il vous faut, mon cher comte, dit le
cicérone après s'être donné le supplice du
lorgnon dans l'œil, — Ces fleurs-là sont de
chez vous, comment ne les connaissez-vous
pas? Elles font, depuis deux mois, aux
Bouffes, le désespoir de nos étiolées de
dix-sept ans, et de nos couperosées de
trente. Aussi, l'autre jour, une de ces dernières me disait avec une humeur des plus
comiques : C'est conservé dans la glace,
ça serait belle à cent ans!!... Nos duchesses, grâce à ces dames, sont de force
à tramer une nouvelle émigration!

— Et celle-ci qui s'avance, cette petite courte avec un formidable tocquet de velours cramoisi, surmonté de plumes blanches, est-ce aussi quelque Russe que j'ai le malheur d'ignorer?

— Vous n'avez pas la main heureuse, pour l'honneur de notre faubourg, c'est la marquise de Bellaumont, dont les ridicules sont passés à l'état de gracieusetés, depuis qu'elle tient bal à Paris et spectacle à la campagne. — A voir d'ici sa figure boulotte, enfoncée entre ses épaules et ses énormes appas remontés outre mesure, on dirait trois têtes sous le même bonnet!

— Vous connaissez la brune qui la salue?

— C'est madame de Linoncour dont la réputation de beauté et de galanterie s'efface peu-à-peu, comme toute chose. Il n'y a que ce diable de Fierneuve, qui se ferait

myope plutôt que d'y renoncer. Il risque à
ce métier-là de passer bientôt pour anti-
quaire.

— Voyez-vous aussi ce groupe à tur-
bans, si bien engraissé qu'il ferait fureur
à Constantinople?

— Il arrive en droite ligne du Mississipi
pour ouvrir un salon pur-sang! C'est à qui
fournira ses preuves de noblesse afin d'y
être admis, et cela au grand mestre de
camp, et commandeur des menus plaisirs
légitimistes, la chanoinesse Herminie de
Grenadas. Celle-ci est seule chargée des
invitations. Les seigneurs du lieu ont la
partie des glaces et du souper. Voilà aujourd'hui notre manière de recevoir. —
Montez une maison magnifique, remettez-
en la clef à une de nos patriciennes, et
seriez-vous quelque intrigant d'outre-
mer, forçat libéré ou banqueroutier, nous

vous ferons l'honneur d'aller danser chez
vous. — D'après notre politique, nous ap-
pelons cela bouder !

Axanine ne pouvait revenir de la façon
tranchée et sans appel, avec laquelle un si
jeune homme, presqu'un enfant, décidait
de toutes choses, et jetait sans ménagement ses opinions satiriques. — C'était une
nouvelle branche d'étude qu'il venait de
découvrir.—Cette génération, qui a poussé
après la révolution de 1830, qui a mûri
comme elle en trois jours, et qui comme
elle est une œuvre manquée et sans résul-
tats ! Cette génération belle, studieuse,
vivace, pleine de sève et d'avenir, qui aurait pu régénérer la France, — et qui a subi
tout-à-coup le joug de l'égoïsme et de l'indifférence, et se borne, comme au temps de
Louis XV, à rire de ses travers et des
infamies du siècle ! Et en cela, elle a suivi

aussi l'exemple de ce grand peuple qui
avait semblé vouloir refaire le monde en
moins d'une semaine, et qui, après son
premier élan, est retombé dans le dégoût et
l'apathie, et se contente de dire, en voyant
l'indigne parodie de tout ce qu'il a cru
renverser : Ce n'était pas-la peine de changer ! —

— Mais savez-vous bien, Monsieur, reprit le comte, que vos portraits ne sont pas
flattés et qu'à vous entendre, toute cette
société qui fait type en Europe, n'a que la
pauvreté de l'élégance et la richesse des
ridicules. Vous finiriez ainsi par me con-
vertir aux idées du vieux Rousnikoff.

— Et qui peut aussi écouter ce cher
Frenneville, dit en se mêlant à la conversation un nouvel arrivant, dont la figure
à caractère et spirituelle, avait une distinc-
tion particulière, et dont la tenue, plus sé-

vère et plus simple, avait aussi son élégance. — Le monde lui est si indulgent,
que par reconnaissance il lui est impitoyable. — C'est l'histoire de tous les enfants
gâtés !

— Enfant gâté! j'ai quelque souvenir
de cela, fit avec un sourire le lionceau piqué de l'épithète, mais je tiens quand-mê-
me à l'impartialité de mes critiques ; je
n'ai pas, mon cher chevalier de Réaux,
votre imagination et votre talent de poète,
pour faire plus beau que nature, mais je
reste sur la terre et je vois ce que je vois!

— Eh bien! voyez de ce côté, et je de-
viens juste-milieu demain, si le comte
Axanine n'avoue pas que peu de fleurs
moscovites pourraient gagner sur celles-ci
le prix de grâce et de beauté. — Voici d'a-
bord Mademoiselle de Serny, aux traits si
fins, si délicats, et dont la blancheur de

lys rendrait jaloux les génies de vos nei-
ges.—Sa cousine, Mademoiselle de Fayette,
charmante bruyère de Bretagne, et dont
la tête pleine de mélancolie, s'incline aujourd'hui aux pensées rêveuses, comme
autrefois aux vents de ses montagnes.
— Voilà aussi la délicieuse Madame de
Cossades, une de nos intrépides Vendéen-
nes, qui a fait en 52 son métier de bri-
gande, et qui passait à cheval en amazone,
devant les postes ennemis, en portant à
ses frères de la poudre et des cartouches.

— J'aime autant, je l'avoue, reprit
Frenneville, qui tenait à son système sa-
tirique, les femmes qui sont femmes, et
non ces héros réchauffés de Jeanne-d'Arc
et compagnie. Depuis Juillet il nous en
pleut de toutes les couleurs, et voilà
pourquoi dans notre parti nous ne faisons
rien qui vaille. — La politique des cotil-

lons est absurde, c'est du roman, de la
sentimentalité inutile, et il faut dire adieu
à la légitimité, tant qu'elle restera enque-
nouillée!... Parlez-moi plutôt, comte Axanine, de vos Russes ravissantes qui ne
veulent pas d'autre empire que celui du
plaisir, et qui viennent chaque année par
ici apprendre à nos Parisiennes l'art des
fêtes et leur donner des leçons de l'enten-
dement de la vie. Montrez-mòi chez nous
plus d'aménité, plus d'affabilité de cour,
que chez la comtesse Debolesfky! Qui sait
mieux qu'elle ordonner un beau bal? et ce
qui est plus rare encore, l'animer d'une
gaîté folle et charmante! La baronne de
Landorff est la princesse la plus artiste, et
l'artiste la plus princesse qne l'on puisse
imaginer. Il faut la surprendre le matin,
dans son atelier, au milieu de ses inspira-
tions, quand sur sa table un volume de

Byron est encore ouvert à quelque page d'a-
mour, et qu'elle rêve le pinceau à la main,
en face d'une toile que son génie fera vivre
et près d'un marbre qu'il vient d'animer ;
puis le soir, quand ouvrant sa maison à
tout ce que Paris a de plus grand, de plus
noble, de plus illustre, doublement belle de
sa grâce et de son talent, elle entraîne sur
ses pas la foule qui l'admire et qui l'aime,
et la promène par sa galerie fantastique à
balcons dorés ; sa galerie où nos plus
grands maîtres ont tenu à honneur de se
placer pour y jouir sans cesse de son regard et de son sourire. — Je vous porte
aussi le défi, chevalier, de me trouver
une héroïne de roman, à laquelle vous
banderez les yeux, fût-ce la Jane Grey
de Delaroche, et qui séduise davantage
que cette belle princesse Olensky. Je ne
sais quelle fée jalouse lui a jeté un sort et

a soufflé à ses médecins l'idée de cet abat-
jour, mais en dépit de cet ensorcellement
maudit, elle reste partout la reine, et ce
disgracieux capuchon vert semble, sur sa
tête, une nouvelle espèce de couronne !

Axanine ne comprenait pas ce feu, cet
enthousiasme, qui est encore à nous autres
Français, et qui fait nos folies comme
nos belles actions ! — mais le chevalier que
cette tirade pleine de verve, avait enchanté :

— Frenneville, vous êtes plus poète que
nous tous, lui dit-il, et quand je vous vois
dépenser ainsi un esprit si brillant, si co-
loré, je m'indigne contre vous de votre paresse et de votre insouciance. Je vous ac-
corde que nous ne pouvons entrer aujour-
d'hui au service, mais est-ce à vous de
profiter de cette impossibilité pour ne plus
vouloir rien faire que flâner par les bals et

les théâtres, et traîner la vie des coulisses
et des Lorettes? Laissez à qui n'a pour
toute valeur que son nom, le bénéfice de
cette interdiction ; c'est le grand malheur
de notre époque, que le désœuvrement au-
torisé par notre foi politique ! Il vous est
ouvert, à vous, une carrière noble et
grande, celle de la science et des lettres ;
vous avez la parole critique et mordante,
eh bien ! frappez sans crainte sur les vices
de notre siècle, dévoilez toutes ses indi-
gnités, ses turpitudes, jetez-lui à la face
les roueries de son égoïsme, et croyez-moi,
ce sera bien servir le pays! Vous aurez toujours le temps, quand Henry vous appel-
lera, de jeter-là votre plume d'écrivain et
de reprendre votre épée de gentilhomme.

— Pourquoi ne sommes-nous plus à
Saint-Thomas-d'Aquin, répondit le spiri-
tuel mais incorrigible Frenneville, je vous

ferais monter en chaire pour tonner contre
les vanités de ce monde. Parole d'honneur,
vous m'auriez converti, si je n'étais à l'endroit du *far niente*, le pécheur le plus endur-
ci ; mais à chacun sa part sur cette terre, à
vous le public, à moi les femmes ! Sur ce, je
vous salue et vais me placer un peu plus
haut. Je tiens à bien jouir du spectacle, et
si j'en crois le petit mouvement d'anxiété
qui vient de se répandre çà et là, nous ne
devons plus attendre longtemps...

Et en effet, tout ce qui n'était pas personnage officiel de la noce était arrivé, la chapelle était pleine, et chacun avait les yeux
tournés vers la porte pour juger de l'entrée
nuptiale.

Enfin après quelques instants de silence,
on entendit le bruit nouveau d'une voiture,
on écouta plus attentivement, on sentit

qu'elle venait de s'arrêter, on reconnut
jusqu'aux trois coups du marche-pied qui
s'abaissait, et bientôt au bras du vieux
comte Rousnikoff, en costume de chambel-
lan, le grand cordon de Sainte-Anne par-
dessus l'habit, on vit apparaître la pauvre
Daria, belle de sa pâleur et de sa résignation, parée et couronnée comme la victime
qu'on mène à l'autel, ou comme les anges
qui vont au ciel! — Suivait, soutenue par
le général Boltounoff, Nadine, non moins
charmante peut-être que son amie, mais
dont la beauté ce jour-là avait une animation fièvreuse, quelque chose de lumineux,
d'éclatant, qui faisait peur à l'admiration.
Sa démarche surtout était si pénible, si difficile, que le contraste frappait tout d'a-
bord; son corps ne semblait plus qu'une
ombre, une forme de gaz inanimée; sa tête
seule avait la vie! — Puis, c'était la comtesse

Voronine qui paraissait aller plutôt à son propre mariage qu'à celui de sa nièce, tant il se glissait de joie intime sur sa grave et sérieuse physionomie de commande. Elle regardait, de temps en temps avec une curiosité maligne, le comte Boris qui l'accompagnait; mais celui-ci s'était fait impénétrable. Il avait constamment sur les lèvres le sourire le plus agréable, mais un sourire qui n'était pas à lui, un sourire emprunté au courage du sacrifice, — un sourire fixe et pour ainsi dire sculpté!

Cette première partie de l'escorte de la *promise* vint se placer sur la droite du côté des Russes.

Il y eut un instant d'intervalle, et alors, beau, élégant, rayonnant de plaisir et de bonheur, se présenta le vicomte, donnant la main à sa tante, la duchesse de Morancy. Celle-ci, qui lui tenait lieu de mère, portait

la tête haute et superbe, et saluait, en passant, d'une façon protectrice, les intimes
de sa coterie.—Derrière elle venait sa fille,
la marquise de Mallepoix, vive, légère,
éveillée comme un oiseau, et à laquelle le
duc de Taran-Sinoncourt, l'Appollon de l'é-
migration, présentait en vain le poing en
souvenir de vieille chevalerie. — Pour fermer le cortège, le marquis d'Arvilliers et le
prince Roubetskoy, tous deux choisis par le
vicomte, pour lui servir de garçons de noce.
A l'un, il devait cette marque d'amitié, à
l'autre, cette marque de reconnaissance. Le
marquis arrivait là de tout cœur, heureux
de ce mariage tant rêvé, si finement combiné, et que le hasard seul avait fait réussir!
Mais le prince se sentait à l'âme quelque
chose qui l'oppressait, et dont il ne pouvait
se rendre compte. — Il doutait, pour la première fois, de l'inspiration de sa cons-

cience, et ce qu'elle avait exigé lui faisait
peur. — C'était trop de sacrifices!!

Quand la place de gauche fut occupée
à son tour par cette seconde partie de la
noce, la porte du milieu du sanctuaire
s'ouvrit, le prêtre en habit sacerdotaux se
montra sur le seuil, salua l'assemblée en
la bénissant, et la cérémonie commença.

 XVI

XVI

Dans le rite grec, tout est figure, tout est symbole, et là, le sacrement du mariage offre nombre d'allégories naïves et touchantes; il n'est resté chez nous que les anneaux qu'échangent les mariés, et le drap que l'on étend au-dessus de leurs têtes en signe d'union éternelle, — et qui bien

souvent leur fait froid comme un linceul! —
Le catholicisme a trop civilisé ses formes,
j'aime mieux les anciennes coutumes, la
simplicité biblique des premiers âges. Elle
vieillit l'esprit, peut-être, mais sans doute
rajeunit le cœur;—et voyez, quelle série d'i-
mages douces et consolantes! quel charme
d'allusions saintes et éloquentes!...

D'abord on leur met à la main un cierge
allumé, c'est le flambeau de leur amour,
qui ne doit plus s'éteindre, c'est la lumière
que le ciel leur donne pour se guider à
travers les périls de la vie! — Un tapis est
étendu à leurs pieds, et ils viennent ensemble sur cette place s'isoler du monde
entier, se faire un monde à part, un monde
d'affection! on dirait la barque de salut,
que Dieu leur envoie, et qui doit les pré-
server tous deux de l'orage et de la tempête.—Un instant après, on leur présente

l'Évangile. Sur le livre sacré, ils se jurent soutien et fidélité, et les anges qui sont là, prosternés aux pieds de la loi divine, entendent ce serment et le répètent avec eux! —Sur un plat d'argent, souhait de la richesse, voici enfin les anneaux, la dernière chaîne qui les rive l'un à l'autre; et aussitôt toute joie, tout bonheur semble leur être promis de là-haut.—Ils sont unis! qu'ils boivent à la même coupe et qu'ils se nourrissent du même pain, qu'ils marchent toujours ensemble, et d'un pas égal, dans les sentiers de la foi, qu'ils règnent heureux sur leur famille, et ne remontent à Dieu que ceints du bandeau des justes. Et le prêtre vient les inviter à ce banquet intime, où il n'y a que pour un seul, eux qui ne font plus qu'un! —Il les conduit autour de l'autel, comme pour leur dire : c'est là la route! et quand ils reviennent à leur place,

on leur tient sur la tête des couronnes
d'or, en espérance de celles qui les attendent.

Ainsi se passe chez les Russes cette
imposante solennité! A eux, je l'ai dit, le
privilège de l'inamovibilité des usages;
pourquoi, hélas! n'en ont-ils pas gardé
l'esprit?

Et ce soir-là tout se fit avec la plus
stricte observance, aucun de ces détails
parlants ne fut oublié, on n'omit rien pour
le bonheur! Et cependant, celle pour laquelle on l'invoquait avec tant de ferveur,
ne le sentit pas descendre en son cœur. Il ne
vint pas l'éclairer comme un rayon céleste
et la pénétrer de cette joie vague et in-
connue, qui fait frissonner la jeune fille, et
glisse sur ses joues une légère rougeur!
Elle resta pâle, décolorée, et comme si elle
n'avait pas le sentiment de ce qu'elle faisait

ni de ce qui se passait autour d'elle. Elle
n'eut pas une seconde d'hésitation. Elle
paraissait plutôt diriger le cérémonial ;
mais c'était à la façon d'un automate. Elle
allait, elle marchait, elle parlait, comme
poussée par un ressort secret, — mais l'expression, mais l'âme, mais la pensée, n'é-
taient pas de la cérémonie !

En revanche, le vicomte, qu'inquiétait
peu cette absence morale, puisque la chose
matérielle était là, qu'il la tenait en sa
possession, et qu'il n'y avait plus à en revenir, avait peine à contenir le mouvement
de bien-être, de tranquillité dont il jouissait, et jetait par moments des regards de
triomphe à l'assemblée, si pompeuse et
si choisie, dont il était entouré. Deux ou
trois fois, il est vrai, il rencontra les yeux
de la comtesse Voronine, qui brillaient
aussi de plaisir et semblaient lui promettre

quelque surprise infernale, mais il se sentait le droit du fait, et nulle machination
ne l'effrayait plus du haut du trône où il se
trouvait placé. —

Ensuite, n'oublions pas de dire que pendant tout le service, les causeries, les
chuchottements avaient continué. Les catholiques auraient cru faire une sorte de
sacrilége, en respectant, par leur silence
un culte qu'ils n'admettaient pas, et les
Russes-Grecs, en faisant de temps en
temps et machinalement les trois signes de
croix obligés, ne prenaient pas scrupule de
bavardages et de plaisanteries.

—Avez-vous remarqué comme la mariée
s'est empressée de toucher le tapis, disait
Paul Barischkine au marquis de Beauma-
noir, une de ces vieilles autorités fashion-
nables, qui tiennent bon à l'embonpoint et
aux cheveux gris, et n'entendent pas pren-

dre leur retraite après le demi-siècle de service; — eh bien! chez nous, il y a là-dessus
un vieux préjugé assez curieux. On prétend
que celui des deux promis qui y met le
pied le premier, devient nécessairement
l'heureux qui règne et qui gouverne. Il
paraît qu'ici la Russie l'emporte!

—De Vilmure est de force à faire mentir
toutes vos croyances, mon cher; c'est un
garçon qui n'est pas d'hier et sait ses
femmes à merveille. La petite est gentille,
il est vrai, cela vaut bien quarante-huit
heures de lune de miel, mais pas plus!

—Nous dégénérons, parole d'honneur; car
j'en donnerais davantage, reprenait notre
diplomate à l'emploi des bonnes fortunes,
qui s'indignait de se voir dépassé en airs
de suffisance. — Elle est délicieuse aujour-
d'hui, ce malaise, cet embarras, ce trouble,
lui vont à ravir, et il n'y a pas ici un de

nous qui ne paierait cher pour prendre
la place du vicomte. —

— Il y a là d'abord la collection de vos
vieux qui vous la dévore de tout ce qui leur
reste de prunelles. Voilà le ci-devant beau
Lgounoff qui, la poitrine en avant, la tête
tendue, le nez en l'air, et les jambes droites
et écartées, a l'air d'un Cosaque piqué
sur son cheval et courant à la maraude. —
Puis l'ancien ambassadeur Worabieff, dont
je n'ai pas oublié la figure, depuis que chez
un de vos comtes, un de vos princes, ou
je crois ma foi, que selon vous, il n'est
rien du tout, je l'ai vu se faire présenter à
monsieur Diquart, le Talleyrand abâtardi
de notre époque. La manière protectrice
dont notre petit grand homme a reçu le
grand petit homme était des plus divertis-
santes. Le parvenu taquin l'a écrasé de
son laisser-aller, de son par-dessous jam-

bes, et je crois qu'à son retour le trop curieux voyageur ne s'avisera pas de parler
de sa maladresse. Il est aujourd'hui paré,
encordonné comme la châsse de Compos-
telle, et tout dégoûté qu'il devrait l'être,
il risquerait volontiers, je suppose, une
nouvelle présentation à ce fruit défendu.—
Et le comte Palkine, c'est celui-là qui

> Pour un regard, pour un sourire d'elle,
>   Pour un cheveu,

donnerait et ses loges et sa voiture, et son
chasseur et ses laquais ! Il n'a pas, que je
me souvienne, dans son sérail, un aussi
friand morceau de roi. Je fus à ses deux
derniers bals, donnés à un jour de distance,
le premier au profit des femmes honnêtes,
le second au profit des meilleures femmes,
et ce jeune sultan n'aurait pu si bien placer
son mouchoir. Je dis jeune, car Paris, en
le croyant vieux, le calomnie depuis cin-

quante ans ; il n'y a qu'à regarder son visage bouffi et son petit air penché, pour
voir que c'est encore un enfant en nour-
rice, et qui ne peut pas soutenir sa tête!

Et ainsi le marquis peignant d'après nature, continuait sa galerie de portraits gro-
tesques et ridicules, et forçait Barischkine,
tout russe qu'il était, à rire, à approuver
et applaudir.

Plus loin, aussi, c'étaient le comte
Douboff et le prince Zaïtzine, qui tout en
causant politique, se montraient, à tour de
rôle, leurs découvertes féminines ; — c'é-
tait la comtesse Zlotopolsky, dont le sang
ne peut mentir, polonaise toujours, quoique vivant au milieu du camp ennemi,
qui offrait franchement à un des secrétai-
res de l'ambassade, des billets de loterie en
l'honneur de ses anciens frères, et lui disait

en riant de son embarras diplomatique :
prenez cela de la main gauche, la main
charitable, la main du cœur ; ce n'est pas
celle-là qui fait les rapports ! — C'était
madame Gloubzof, le bas-bleu le plus pré-
cieux, qui invitait pour sa matinée du lendemain le vicomte de Lassanville, dont,
grasseyait-elle, la conversation semblait un
bouquet nuancé de mille fleurs exotiques,
qui devait faire la réputation de son salon,
cette petite serre de l'intelligence!—Puis, à
quelques pas, la comtesse Lioubofkine, ce
composé d'ange et de démon, cette femme
demi-sainte, demi-damnée, jetant son cœur
aux amants, sa richesse aux pauvres, et sa
belle âme à Dieu ! — qui, au lieu de vingt
francs que lui demandait une patronesse de
la liste civile, en donnait mille ! et convoitait
en même temps le baron de Méline, de son
regard de feu, de son sourire parlant,

comme sa proie de cœur à dévorer! — Et
enfin, bien d'autres encore, qui, occupées
de ces futilités mondaines, la première nécessité de la vie parisienne, avaient fini
par oublier totalement l'intérêt de la cérémonie.

Mais qui ne l'oubliait pas, cet intérêt !
c'était la princesse Eudoxie Zaïtzine, elle,
qui savait le fond intime des choses, qui
connaissait ce qu'il y avait au cœur de cette
enfant si malheureuse, et au cœur de cet
homme si heureux ! — Elle, qui avait tenu
dans ses mains tous les fils de cette conspiration si bien ourdie, qui en avait déjoué
la première partie avec tant de bonheur, et
qui était restée aveuglément passive, inac-
tive en présence de cette dernière machination ! — Et pouvait-elle faire autrement?
— Certes, d'un mot à Daria, qui venait lui
annoncer son bonheur , ou bien au prince

Jean, qui voyait en Vilmure un homme digne
d'estime et d'affection, il lui eût été facile
de tout renverser, de tout anéantir.—Mais
alors, aussi, il fallait raconter dans ses
moindres détails cet infâme complot préparé de si loin, risquer de perdre à la fois
ces deux femmes pour lesquelles elle éprou-
vait une si vive sympathie, jeter sur l'une
le scandale, dont ne se relève jamais une
jeune personne, et faire tomber l'autre
dans l'abîme d'où elle l'avait tirée! — Il
allait trahir celui qu'elle aimait, en livrant
un secret qu'elle avait juré de garder, et
par là peut-être le compromettre, exposer
sa vie, se voir elle-même abandonnée! —
Et puis, quand, à la nouvelle de ce mariage,
ne consultant que l'élan de son cœur, elle
avait voulu courir chez sa pauvre amie,
pour lui tout apprendre, d'Arvilliers qui
se trouvait là, avait su lui prouver l'inutilité

et la maladresse d'une pareille démarche :
— C'était tout ruiner sans rien sauver ; et
d'ailleurs, ce qui lui paraissait une mon-
struosité, n'était-elle pas très pardonnable
en supposant que le vicomte l'aimât sincè-
rement, avec passion, et lui, Arthur, aurait
pu jurer que son ami en était fou.

Pour une femme aimante, l'éloquence
d'un amant, c'est la volonté de Dieu ! et
elle avait gardé le silence, et elle avait laissé
faire, et elle était venue, comme les autres,
élégamment parée, assister à cette magnifique solennité. — Mais là, des remords,
des scrupules l'avaient reprise, le malheur
planait au-dessus de ces têtes qu'on cou-
ronnait, et elle contemplait avec un profond serrement de cœur, ce tableau, qui
devait exprimer une fête, et qui sous ces
ornements d'or, de diamants et de fleurs,
ne renfermait que souffrance et désespoir !

— Eh bien, Arthur, disait-elle tout bas
au marquis avec un accent de tristesse et
de reproche, que pensez-vous de cette douleur morne et sans larmes, de cette douleur qui est toute à l'âme, croyez-vous
encore qu'elle puisse jamais être heureuse?
N'avez-vous pas aussi blasphêmé en assu-
rant que cet homme l'aimait : il rit triomphalement, et il est témoin de l'angoisse
qu'elle éprouve ! il rit, et il ne la voit pas !
oh ! pourquoi n'avoir pas parlé?...

— C'est toujours vous, Eudoxie, avec
votre imagination exaltée, répondait le
marquis, ce que vous prenez pour du désespoir est une chose réglée, et toute de
cérémonial. Le mariage est la tombe de la
jeune fille !.. il est naturel qu'elle se pleure
et dise adieu à ses rêves et à ses amours
enfantins ; demain ressuscitée femme, elle
n'y pensera plus ! ainsi tout est pour le

mieux.—Auriez-vous préféré sacrifier cette belle comtesse Nadine ? — C'eût été trop dommage, elle a aujourd'hui un éclat miraculeux ; on la dit chaque jour plus malade, et chaque jour elle est plus séduisante !

— Oui, elle est bien belle ce soir, reprenait Eudoxie, mais je ne sais, elle a quelque chose d'égaré, d'effrayant dans le regard. Remarquez-vous comme ses yeux ne quittent pas ceux de son mari, comme elle semble épier la moindre de ses pensées ! — Oh ! cette femme est jalouse encore,... elle l'aura bientôt deviné... Et s'approchant précipitamment du comte : ne tremblez pas ainsi, vous vous trahissez lui disait-elle, la comtesse vous regarde...

Hélas ! la princesse avait raison.—Nadine arrivée à l'église, il ne faut pas dire heureuse, mais plutôt montée de bonheur, s'était sentie saisie, au pied de l'autel,

d'une impression fatale, d'une sorte d'hésitation de la vie ! elle avait comme entre-
vu l'avenir, et elle s'y était trouvée si
seule, si abandonnée qu'elle avait eu peur;
et le doute et ses premiers soupçons lui
étaient revenus ! Alors elle avait regardé
avec ces yeux qui voient et qui lisent ! et le
sourire immobile, ce sourire de statue
qu'avait emprunté son mari, lui avait paru
n'être qu'une douleur, une douleur qui
fesait pendant à l'expression morte de Daria.— Un moment surtout, quand le prêtre
offrant la coupe aux fiancés, ceux-ci avaient
effleuré la même place de leurs lèvres , et
s'étaient pour ainsi dire donnés le premier
baiser, elle avait compris un certain trem-
blement de rage que Boris n'avait pu dis-
simuler; et toute la vérité lui était apparue.
— Il l'aime, il l'aime ! mon Dieu ! avait-elle
murmuré. — Et se prenant le cœur comme

si le fer d'un assassin y avait pénétré, elle y appuyait fortement la main pour soutenir sa vie et se donner la force de respirer.

— Ma cousine, vous vous trouvez mal, s'était écrié le prince Jean, dont l'amitié si clairvoyante avait parfois de ces instincts d'amour, ne voulez-vous pas vous asseoir? j'irai vous chercher une chaise *.

— Non, non, ce n'est rien,... je ne sais.., un éblouissement momentané, avait-elle répondu, mais je me sens déjà mieux... merci, prince, merci!

Et en effet ses couleurs, qui pendant quelques minutes s'étaient complètement effacées, avaient reparu plus rouges, plus vives, plus ardentes; elle avait si bien repris

---

* Dans les églises russes, il n'y a ni chaises ni bancs : le fidèle se tient debout ou prosterné. On ne fait quelquefois d'exception à cette règle qu'en faveur des personnes enceintes ou malades.

son éclat merveilleux, que les femmes même l'admiraient, et la cérémonie était entièrement achevée, que personne ne s'était aperçu de l'éclair mortel qui l'avait frappée.

. . . .

. . . .

—Je crois que nous pouvons dire amen, dit Frenneville à Axanine, la comédie est jouée. Où va-t-on maintenant?

—Chez la comtesse Voronine et vous chantez trop tôt victoire, vous n'en êtes pas encore quitte. Il est en Russie un vieil usage...

— Comment ! une nouvelle série d'usages ! vous en êtes donc farcis !

— Que voulez-vous, nous y tenons. Je ne prétends pas que ces coutumes de nos pères nous portent toujours bonheur, mais elles nous sont douces, comme quelque chose d'ami, de protecteur.—C'est le passé qui semble ainsi veiller sur l'avenir !

— Or donc ?

— Les grands parents vont prendre les devants, l'assemblée suivra, et ce n'est que dix minutes plus tard, que les nouveaux mariés, réunis cette fois dans la même voiture (car ils sont arrivés ici séparément devront faire leur entrée. — Et alors la comtesse Voronine et le comte Rousnikoff, père et mère assis, se tenant sur le seuil, et en présence de tous, les recevront avec

une image sainte, l'image vénérée de la
famille, et après les avoir fait mettre à genoux, la leur poseront sur la tête en ap-
pelant la bénédiction du ciel. Puis il leur
sera présenté un grand pain, au milieu
duquel sera placée une salière d'argent, et
si même le prince Jean Roubetskoy, le garçon de noces, ne déroge pas à la règle, il fera
tomber en pluie sur eux et les assistants
quelques boisseaux de seigle et de froment,
en signe de joie, de prospérité et d'abon-
dance.

— Et c'est tout, reprit Frennéville en
riant.

— C'est tout ? selon Pétersbourg et Moscou, mais en province les plus anciens
usages sont à la couchée. Je vous dirai cela
quelque jour.

— En tous cas, il faut avouer, que chez

vous, se marier c'est encore plus ennuyeux
que chez nous.... Mais, à l'instar du bon
Henri : — deux mille cinq cents paysans
valent bien une noce!...

XVII

Explication.

XVII

L'heureux Vilmure! disait-on la veille, sous quelle brillante étoile est-il né? il a tout en partage : rang, fortune, beauté ; il y a de ces gens privilégiés par le sort, qui marchent en aveugles par la vie, et qui ont l'instinct de ses sentiers de fleurs. Certes, il est d'une grande naissance, allié à nos premières familles; mais enfin, les quelques dix mille francs que lui ont laissés ses pères, il les avait mangés depuis longtemps; il a mené la vie grand train, et sa jeunesse, usée, fatiguée par toutes sortes d'excès, était furieusement vieille pour recommencer du bonheur. Eh bien! il faut qu'une perle égarée parmi tous les grêlons qui nous pleuvent de Russie et qu'attire le soleil de France, vienne justement tomber sur sa tête, et au moment où on le croit sans ressources, perdu, forcé de s'abriter sous les ruines d'un temple qui croule, il se relève plus fort, plus puissant, et se retrouve au milieu d'un palais!... — Le bonheur est-il donc dans la famille de Vilmure comme l'honneur qui, selon l'expression de sa tante, y repoussé comme les cheveux!...

Et c'était aussi ce qu'il se disait, le vi-

comte, le lendemain de ce beau jour qui
lui avait refait une seconde vie et dessiné
un nouvel et brillant avenir. En montant
dans son élégant et riche coupé, pour aller
saluer son ancienne amie du nom respec-
table de tante, qui la vieillissait de dix ans
et le rajeunissait de vingt, il se sentait
une satisfaction si parfaite, si remplie,
qu'il avait presque honte de se l'avouer.
Tout bon gentilhomme qu'il était, il avait,
malgré lui, l'étonnement d'un parvenu; la
chance avait dépassé le dédain aristocrati-
que! et mollement étendu sur ses coussins,
il était là, comme enivré par des bouffées
de vanité folle qui le prenaient au cœur,
aux yeux, au sourire; la pensée même
d'une contrariété ne pouvait plus l'atteindre; le ciel était pour lui, beau, brillant,
azuré, et l'horizon n'offrait pas traces d'un
nuage !

Il entra chez la comtesse en roi, en em-
pereur, en triomphateur !

— Eh quoi ! vous êtes seul, mon cher
Raoul, lui dit-elle en le voyant arriver sans
Daria, — madame la vicomtesse ne vous a
pas accompagné !... Un lendemain de mariage, une séparation... déjà!.. c'est un peu
de bonne heure.

— Daria s'est trouvée si souffrante, ma
belle tante, répondit de Vilmure, qu'elle
n'a pas eu la force de se lever, et elle m'a
prié de venir l'excuser près de vous ; pro-
bablement je vous l'amènerai ce soir.

La comtesse le regarda avec une expression ironique, où le digne de la grande parente se mêlait avec le libre de l'ancienne
maîtresse.

— Oh ! c'est mal, cela est très mal, mon

cher neveu, dit-elle... une jeune personne si frêle, si délicate, mérite plus de ménagements, il faut savoir se conduire... et puis, vous n'avez plus vingt ans, à votre âge, on doit se garder de pareilles folies.

— Cessez vos plaisanteries, ma tante, reprit de Vilmure d'une façon non sérieuse, mais assez convenable pour avoir le droit à son tour d'exiger plus de réserve, vous oubliez sans doute que vous parlez de votre nièce !

Mais la comtesse, sans faire attention à son observation :

— Je vous dirai entre nous, mon neveu, ajouta-t-elle, que ce sont de mauvaises habitudes à donner quand on n'est pas de taille à les soutenir...

— Je vous en prie, ma tante, dit impatiemment le vicomte, appuyant sans cesse sur ce mot de *tante,* comme pour lui rappeler la nouvelle fonction qu'il tenait à prendre vis-à-vis d'elle ; mais ce mot-là avait plutôt l'effet contraire, et la comtesse ne devait mettre à ses railleries que plus de mordant, plus de cassant.

— Vous risquez gros jeu à un tel luxe, mon jeune étourdi, continua-t-elle, avant peu je vous vois ruiné ou... enrichi.

Le vicomte commençait à perdre ses bonnes résolutions de calme et de mesure.

—Ah! ça, comtesse, dit-il, seriez-vous décidée aujourd'hui à rire à mes dépens?

— Peut-être ! fit celle-ci en souriant et clignant méchamment des yeux.

— En ce cas je m'asseois et vous écoute, reprit Raoul, se jetant dans un fauteuil avec

l'air d'un homme qui se résigne à subir le
martyre d'un ennui inévitable, — à votre
aise, je vous dois trop, pour ne pas respecter
une aussi ravissante fantaisie.

— Et vous ne savez pas encore tout ce
que vous me devez, mon cher neveu, at-
tendez donc tout à l'heure pour bien me
remercier ; et vous verrez si je n'ai pas fait
votre bonheur en conscience.

L'accent de ces paroles avait quelque
chose de si net, de si convaincu, que le
vicomte en eut froid, et qu'il se sentit malgré lui revenir au ton plus doucereux, plus
diplomatique d'autrefois.

— Et que pouvez-vous faire de plus pour
moi, ma bien chère et tendre amie, dit-il
en lui tendant la main, n'ai-je pas à cette
heure ce que j'ai toujours desiré ? la femme
la plus charmante, qui m'attache à jamais
à celle que j'aime le mieux !

La comtesse prit la main qu'il avançait et la lui serrant perfidement :

— J'ai desiré mieux que cela pour vous, mon cher Raoul, la femme que vous aimez le mieux, a compris combien ce mariage fait pour l'amour d'elle, devait avoir pour votre cœur de pénibles instants, et elle a songé à ne pas vous en laisser long-temps les charges. — Ce serait, en effet, trop de deux à la fois?

— Que signifie cette énigme? Expliquez-vous.

— L'explication est simple, je vous ai trouvé un suppléant.

Le vicomtc se rejeta en arrière, en écla-tant de rire.

— Comment déjà, ma belle et bonne tante, vous m'avez remplacé près de vous. Allons, les morts ne doivent pas revenir

en ce monde; on ne porte pas leur deuil
plus de vingt-quatre heures!

— Avez-vous assez ri? reprit la comtesse
qui essayait aussi de rire, mais dont les
lèvres tremblaient en riant.

— C'est qu'en vérité l'attention est
charmante; je n'y aurais pas suffi, parole
d'honneur.

La comtesse lui saisit le bras avec violence.

— Je vous ai trouvé un suppléant,
monsieur le vicomte, lui dit-elle, mais
c'est près de la vicomtesse et non près
de moi...........

Vous vous êtes réjoui trop tôt; votre
desir a mal interprété ma pensée. — Eh
bien! vous ne riez plus?

— Vous me faites peur, fit Raoul en se

levant, je crois vraiment que vous êtes devenue folle.

La comtesse, d'un mouvement brusque
et énergique le força à se rasseoir, et le
toisant avec une rage méprisante :

—Folle! oui, vous auriez raison, si pour le
simple plaisir de vous être agréable, j'avais
consenti à vous donner ma nièce. — Comment? vous connaissez ce caractère qui
n'a jamais plié, qui ne souffre pas une résistance, une contrariété, vous savez
aussi l'amour que j'avais pour vous, affection que je ne comprenais pas moi-même,
et vous avez supposé, qu'avant que je ne
fusse lasse, vous pourriez, impunément me
laisser là, et que moi, j'irais, secondant
vos projets de spéculation, me sacrifier à
votre honneur et gloire!........

En effet, pour avoir ainsi présumé de

moi, vous avez dû croire que j'étais folle!

— Une circonstance fatale mais impé-
rieuse a seule amené cette union, dit Raoul,
qui se défendait mal, car il se trouvait engagé sur un terrain, qu'il ne connaissait
pas, terrain effrayant de mystère et d'obs-
curité! — Rien n'a été fait dans tout ceci
pour moi...

— Non certes, rien n'a été fait pour
vous, reprit la comtesse, on ne peut pas
dire mieux! Ce mariage est bien mon
œuvre, ma propriété, et pour que vous
n'en doutiez pas, je suis aise de vous apprendre comment je l'ai conçu, et quel
en sera le denoûment....

Le vicomte était cloué à sa place sous le
joug dominateur de la comtesse. Cette
femme debout, devant lui, les bras croisés,
le regard terrible et magnétique, lui appa-

raissait comme la prophêtesse impitoyable, qui, dans quelques secondes, allait
renverser l'échafaudage de bonheur dont
il s'était cru si bien assuré! — Il ne se sentait plus le courage d'une parole, pour parer le coup dont il était menacé! Il atten-
dait.

— J'aime et je hais rarement, reprit-elle
avec un accent solennel, après quelques
instants d'un silence effrayant, — car ma
nature susceptible, despotique, se déplait à
toute fatigue et toute gêne; mais si une
fois je viens à sortir de mon indifférence,
c'est avec exaltation et passion, et alors
j'aime bien qui j'aime, ou je hais bien qui
je hais! Je n'ai jamais aimé que deux personnes en ma vie; l'une fut mon premier
amant,—l'autre, mon dernier, et par une bizarre fatalité, ce furent en même temps ces

deux hommes, qui seuls ont sû m'inspirer de la haine.

Je ne sais si la haine est un sentiment que je comprends mieux encore que l'amour, mais chez moi, elle est implacable, elle est immense, elle est corse, je la poursuivrais de père en fils! La haine veut dire en mon cœur la vengeance, j'avais donc deux vengeances à tirer! la première m'avait échappé quarante ans; la seconde, je la cherchais encore, quand par un hasard merveilleux, elles se sont présentées à moi toutes deux ensemble, et dans des conditions magnifiques.— Je pourais réunir mes ennemis sous le même réseau, et les forcer en se dévorant de me venger l'un par l'autre. — A tant d'années de distance, trouver une pareille chance, il faut avouer que j'ai toujours eu du bonheur!..

— Oüi, du honheur! murmura sourdement le vicomte.

— Je vous en fais juge, mon cher Raoul,
continua-t-elle d'une voix toujours pénétrante, mais qui visait pourtant à l'indifférence d'une simple narration. Les deux
êtres dont il me fallait mieux que l'existence (il n'y a que les hommes qui se ven-
gent aussi mal), dont il me fallait le malheur qui ronge et qui mine, étaient chacun
dans des positions sociales si fortes et si
heureuses, qu'il paraissait impossible de
les atteindre. L'un surtout, — ma vieille
haine! — semblait protégé par une si belle
étoile et tellement cuirassé contre toutes
mauvaises chances, que c'était à désespérer, quand l'autre, que je ne pouvais non
plus briser, mais auquel du moins je por-
tais sans cesse des coups d'épingles san-
glants, quand l'autre, dis-je, vint à son insu

me souffler le projet le plus ingénieux et
le plus sublime !

Depuis quelque temps, celui-ci nour-
rissait dans son âme basse et sordide
un espoir d'avenir qu'il m'avait com-
muniqué, comme n'étant que le résul-
tat de sa tendresse et dont j'avais pénétré
le vrai motif à sa première parole ; et son
esprit tendu vers cette unique idée, espionnait, devinait tout ce qui pouvait lui porter
avantage ou préjudice. — Il ne me devina
pas, moi ; mais il devina un autre obstacle,
un rival, et cet obstacle, ce rival, je l'a-
doptai avec lui, ou plutôt je fis une réalité
de ce qui n'était qu'un rêve de son imagination peureuse. A force de ruse et d'a-
dresse, par mille petites roueries, que nous
seules femmes connaissons, je parvins à
faire naître et grandir cet amour qu'il re-
doutait, et à jeter sur mon autre victime,

sur mon inattaquable, un premier grappin de vengeance; car vous concevez, ce rival, c'était lui!...

— Je conçois, dit Raoul machinalement.

La comtesse jouissait de son anéantissement.

— C'était donc une belle ébauche que j'avais faite là, disait-elle, mais il fallait arriver à une œuvre grande et complète, et de ce côté, d'énormes difficultés se présentaient. Mon génie était à bout, j'hésitais, je tâtonnais, je les avais à ma portée, mais je ne pouvais dire encore : Je les tiens, ils sont à moi! — Sans un hasard propice, imprévu, je ne voyais plus d'issue à rien. —Oh! le hasard, il est à ma disposition comme le bonheur! Écoutez encore comme il m'a bien servi! Par suite de cet amour

que j'ai imaginé et créé, un rendez-vous a
lieu au bal de l'Opéra, et ce rendez-vous
détermine une esclandre terrible, qui vient
jusqu'à me compromettre. Sous prétexte
de me sauver du scandale que j'abhorre,
mon jaloux profite de la situation, et je me
vois amenée malgré moi à cette alternative,
ou risquer ma brillante renommée, ou perdre une partie de ma vengeance! Que faire?
A quoi se décider? Et voilà qu'une seule
phrase, jetée sans intention au milieu de
mes perplexités, me rend tout-à-coup libre
de tout embarras, et me fait enfin trouver
la solution que je cherchais — Eh bien!
qu'il l'épouse, m'écriai-je alors! L'autre
viendra bientôt la réclamer avec son amour
désespéré, et les circonstances étant chan-
gées, elle ne lui résistera plus! Bien mieux,
cet ignorant de nos usages croit qu'on n'a
plus rien à craindre, quand une fois le

prêtre a passé là; mais c'est qu'il ne sait pas qué nos femmes restent indépendantes en se mariant, parce qu'elles conservent leur fortune, et qu'alors elles n'ont jamais besoin de transiger avec leurs passions, quand c'est à elles qu'appartient la richesse.

Et elle le quittera un beau matin, et le laissera, sans rien, bafoué, ridiculisé dans sa France, et sans qu'il puisse venir réclamer ses droits dans un pays qui ne le connaît pas. Et d'un autre côté, l'amant n'aura plus de position ni d'avenir, et se trouvera à la suite d'une femme déconsidérée, dont il aura à rougir, car personne ne le recevra.

Maintenant, cette phrase-sauveur, et qui va tout vous expliquer, la voilà : —Il n'y a plus de remède, avant un mois, la comtesse Nadine sera morte !.... — Faut-il aussi que

je vous nomme les deux héros de mon histoire?...

Et après cette terrible improvisation, la
comtesse se redressa de toute sa hauteur
et se grandit de fierté et de triomphe. —

. . . .

. . . .

Le vicomte parassait sous l'influence de quelque rêve affreux, il la regardait, mais ne pouvait articuler aucun son. — Tout cela dépassait la nature humaine, et le peu de conscience qu'il avait lui-même à l'égard d'une méchanceté, se révoltait d'aussi infernales combinaisons. —

— Vous êtes la plus indigne et la plus infâme créature, s'écria-t-il enfin, quand son indignation put se faire jour et secouer la torpeur dont il était accablé, — et je ne puis croire encore à tant de perversité ! Je comprendrais, que l'amour, que vous aviez pour moi, et que mes torts vrais ou faux auraient changé en haine, vous eût aveuglée au point de me poursuivre impitoyablement ; mais une haine de quarante ans, fondée sans doute sur quelque niaiserie d'amour, que vous faites rejaillir sur un fils innocent avec la persévérance et la vivacité d'une nouvelle offense, c'est quelque chose de monstrueux ! Et n'appelez pas cette haine, la haine d'un Corse.—Le Corse n'offre pas la main à celui qu'il veut tuer !

—J'aime que vous défendiez la cause de votre prochain successeur, dit la comtesse

avec un sourire qui devenait convulsif,
c'est vraiment d'une belle âme, et vous
avez deviné le motif de tant de persévérance !

Oui ! c'était une niaiserie d'amour, et
j'aurais dû lui pardonner ! Qu'est-ce en
effet que se faire aimer d'une jeune personne innocente et confiante, de lui cor-
rompre le cœur par des sophismes, de la
séduire par des promesses, de la déshonorer
sans pitié, et puis de la laisser-là, quand
on a eu assez d'elle et de son amour.—
C'est une niaiserie n'est-ce pas? Et vous
ne me croirez pas si je vous dis que
sans le père de Boris, je serais peut-être
encore la femme sage et vertueuse, que
sans lui, je n'aurais pas vu la vie sous le
seul aspect du monde, que sans lui, je
n'aurais jamais été votre maîtresse! Allons,

vous, qui vous faites meilleur que moi,
vous n'auriez pas pardonné !

Et de grosses larmes roulaient à ce moment sur ses joues. C'étaient les dernières
de son cœur de dix-sept ans, glacées pendant un demi-siècle, et que venait de faire
fondre et tomber un éclair de remords et
de regrets!...

—A vous des larmes, à vous! dit le vicomte avec le sourire le plus méprisant;
oh! ces larmes sont monstrueuses et ne
font qu'ajouter à votre infamie. Je vous aimais mieux tout-à-l'heure, au moins vous
n'étiez pas hypocrite! Et n'aurez-vous pas
aussi quelque belle excuse pour vous donner le droit de malheur sur votre nièce? Et
que vous a-t-elle fait, celle-là! si ce n'est
de trop vous aimer, de trop vous chérir!
Vous aviez sans doute juré haine à votre

sœur, à sa mère, et vous lui aviez promis
en mourant de bien veiller sur sa fille!!!

Les yeux de la comtesse étaient redeve-
nus secs et inflexibles. Ils n'avaient plus
de larmes, ils auraient plutôt roulé du
sang.

— Et pourquoi l'aimerais-je? Pourquoi
l'aurais-je ménagée? Parce qu'elle est l'enfant de ma sœur! Mais, n'est-elle pas aussi
celle qui m'a enlevé mon amant? Et je suis
femme, vois-tu, avant d'être parente!
Jusqu'au jour où tu me l'as demandée,
je ne l'avais pas comptée dans ma vie; elle
y est entrée en traître, et comme toi, je le
sens, je la déteste! Oh! je vous ai aujour-
d'hui tous trois en ma puissance. Vous
m'avez fait bien du mal, mais je vous le
rendrai!!

Le vicomte était capable, nous le savons,
d'une action méchante et déloyale, mais

cette méchanceté et cette déloyauté n'é-
taient que la suite de l'éducation qu'il avait
puisée à la dernière école des ailes de pi-
geon.— C'était de ces sortes de gentillesses
qu'il avait entendu vanter comme charmantes, et il s'y livrait souvent et avec toute
la verve de son esprit piquant. — Mais
lorsque ce caractère, dont il avait trouvé
la malice amusante, comme la sienne,
venait s'offrir ainsi à lui avec toute son hy-
pocrisie, sa bassesse et sa férocité, sa nature, qui n'avait pas ce degré de dépravation
intime, se révoltait hautement, et c'était
lui qui savait trouver contre elle les reproches les plus durs et les plus justes. C'é-
taient deux mauvais instincts long-temps
réunis, séparés avec violence, et qui se
connaissaient bien. — Ils savaient où il
fallait se frapper !

Et puis d'ailleurs Raoul se voyait la

victime; son avenir était plus que menacé
sous le poids d'une prophétie terrible, et
il ne prévoyait pas le moyen de la conjurer

— Elle avait si bien pris ses mesures !

— Maudit, mille fois maudit soit le jour
où je vous ai vue pour la première fois !
dit-il; mais si je succombe dans cette lutte,
vous succomberez avec moi, ou je vous dé-
masquerai à tous.

— Et qui vous croira, je vous le demande ? sur quoi baserez-vous vos accusations ;
sur les événements, mais ils n'auront rien
que de naturel ! sur mes paroles? mais
d'un seul geste je les démentirai. Tout
Paris sait que vous êtes méchant, et moi
que je suis bonne !

— Oh ! vous n'êtes pas une femme, vous
êtes un démon, mais si nous sommes im-
puissants contre vos infernales ruses, Dieu

ne l'est pas et peut facilement les déjouer.
La comtesse Ludmiloff vivra !

La comtesse se mit à rire et d'un rire
vraiment sardonique.

— Nous ne sommes plus au temps des
miracles, mon cher neveu, dit-elle, les poitrinaires sont des condamnés à mort, qui
n'en reviennent pas!

 XVIII

Derniers adieux.

XVIII

C'est en effet quelque chose de bien terrible que le mal de la poitrine ! ce mal qui
vous prend avec la vie et vous conduit à
la mort après un certain temps donné, un
temps fixe, invariable ! La durée de l'existence est généralement un problème que
nul ne peut résoudre, et Dieu l'a voulu ainsi
pour notre bonheur et notre tranquillité,

mais ce privilége semble avoir été enlevé
aux poitrinaires. Ils sont condamnés à savoir d'avance la fatale époque et à regarder la vieillesse comme un rêve; ils n'éprouvent aucune souffrance, ou plutôt la souffrance est si bien dans leur nature qu'ils
n'y croient plus par l'habitude, et ils aspi-
rent la jeunesse avec le même bonheur que
si elle était un printemps! à les voir, ils
vivent aussi bien et mieux que nous; ils ont
sur les joues des couleurs plus roses, plus
éclatantes , — et plus de brillant, de profondeur dans les yeux. Aucune de ces ma-
ladies, qui souvent nous tourmentent, ne
les atteint, ne les arrête; ils vont toujours,
toujours, avec toute leur fraîcheur de santé;
on les croirait éternels! et tout-à-coup nous
sommes appelés à venir entendre leurs
adieux! Leurs trente ans sont sonnés, c'est
l'heure, ils vont mourir!

Oh ! cette idée est affreuse, et je me suis
demandé mille fois comment la Providence,
dans sa miséricorde, n'avait pas effacé ces
malheureux du livre de l'humanité. Je sais
bien que, la plupart du temps, abusés par la
vigueur factice qui les soutient, ils arrivent
à se persuader, non pas qu'ils guériront,
mais qu'ils n'ont jamais porté en eux le
germe impitoyable, et alors ils font des
projets d'avenir, et s'arrangent du bonheur
à l'horizon. Mais qui ne s'abuse pas? ce
sont les amis, qui en leur prenant les mains,
y sentent déjà le froid et la sueur de la
mort ! — c'est un époux qui peu à peu voit
s'évanouir tous ses rêves de famille, et est
forcé de calculer tout bas les jours d'intimité et d'amour qui lui restent ! — C'est un
père qui regarde avec douleur toute sa fortune de gloire et de tendresse qui s'en va !
—C'est une mère qui avant tous, a deviné le

malheur dont elle est menacée, qui dit demain à son enfant, quand elle ne croit plus à une heure, et qui a encore le courage de lui sourire, quand il meurt entre ses bras!

Et cette pauvre Nadine, la vieille comtesse avait raison, était du nombre de ces victimes marquées du sceau fatal, et elle ne devait pas même attendre l'âge jusqu'auquel elle avait droit de vivre! Les émotions avaient avancé l'heure, son cœur avait dévoré des années en quelques semaines, et le médecin qui lui avait donné un mois, avait compté grandement et sans risque de se tromper.

Quinze jours ne s'étaient pas passés depuis cette soirée de joie et de fête, beau-

coup parlaient encore de cette belle comtesse Ludmiloff, rayonnante de grâce, d'é-
légance, de fraîcheur ; et elle était là ,
couchée sur son lit, épuisée, perdue, ap-
partenant plus à la mort qu'à la vie.

Cinq personnes se trouvaient dans la
chambre : Boris, Daria, la comtesse Voronine, le vicomte et le prince Jean ; mais
tous gardaient le silence. Depuis un quart-
d'heure, la malade, presque toujours cau-
sante, n'avait plus dit une parole, et on
supposait qu'elle sommeillait.

— Elle dort, dit enfin à voix basse la
comtesse Voronine, dont la douleur pure-
ment officielle s'arrangeait peu de ce mu-
tisme indéfini , — nous ferions bien de nous
retirer et de la laisser reposer tranquillement ; ce sommeil me semble d'un bon au-

gure et pourra déterminer peut-être une crise salutaire.

A cette parole d'espoir, Boris, qui se tenait debout, appuyé sur un des angles du lit, tourna lentement la tête vers la comtesse, et, la regardant avec un sourire plus triste et plus désespéré que les larmes :
—Oui, peut-être! murmura-t-il...

— Il faut un peu de courage, reprit celle-ci d'une voix si bonne, si attendrie; allons, venez, vous avez besoin de reprendre quelques forces... et vous, vicomte, emmenez votre femme.

Mais Daria , assise dans une bergère au coin de la cheminée et pleurant à sanglots, ne faisait pas un mouvement , et Boris restait comme cloué à sa place et sans pouvoir s'en arracher.

— Madame la vicomtesse, dit alors le

prince Jean en se penchant vers elle, ne
craignez pas de vous éloigner ; si elle allait plus mal, je vous promets de vous envoyer chercher à l'instant ; puis, prenant
son ami par le bras et le renvoyant avec
une violence toute paternelle :

— Voilà deux jours, mon bon Boris, que
tu n'as pas quitté cette place, j'exige que
tu ailles te jeter sur ton divan, ne fût-ce
qu'un quart-d'heure ! Je te le demande au
nom de Nadine : d'ailleurs nous avons besoin de ménager nos forces, il nous en faut
encore beaucoup !

Boris lui serra la main, lui montra le lit
avec un geste déchirant et sortit.

Daria s'était aussi levée à la promesse
du prince et venait de suivre sa tante et
son mari.

Et le prince resté seul referma bien doucement la porte et fut sur la pointe des pieds, avec la précaution qu'aurait prise une tendre mère, se rasseoir à côté de la mourante.

A ce moment, il pouvait être sept heures du soir, la chambre n'était éclairée que par une lampe presque baissée et cachée derrière un rideau afin d'en diminuer la lumière, et cette demi-obscurité jetait sur tous les objets une teinte triste et mélancolique.

On entendait bien encore le sourd roulement des voitures, et le bruit de la rue montait toujours et criait la vie et le plaisir; mais cette animation extérieure, en parlant si haut, ne faisait que rendre là le silence plus terrible et plus effrayant.

Rien ne vivait ici, tout restait dans l'im-

mobilité de l'oubli et de l'abandon, les aiguilles même de la pendule ne marchaient
plus, (on aurait voulu oublier le temps qui
marche toujours), et le pauvre prince, ne
faisant pas un mouvement, retenant sa
respiration, semblait aussi mort que tous
ces meubles délaissés et de même que s'il
n'avait comme eux d'existence que par
elle. Seulement, deux larmes bien vivantes
glissaient lentement le long de son pâle
visage ; mais on ne les entendait pas !

Et Nadine ! où était sa vie, où en re-
trouvait-on la trace ? tout chez elle aussi,
n'était-il pas arrêté, et pouvait-on surprendre encore les faibles battements de
son cœur ? Le prince Jean aurait tout
donné plutôt que d'interrompre son sommeil ; mais ce sommeil si long l'inquiétait,
le tourmentait, il avait peur que ce fût

déjà celui dont on ne se réveille plus!

Un instant même, cette horrible pensée vint lui faire froid, à la croire une réalité, et comme de l'endroit où il était assis, il lui était difficile de la voir, avec une merveilleuse prudence, il essaya de se lever, afin d'aller la regarder et écouter sa respiration; mais quel ne fut pas son étonnement en la trouvant la tête à demi-relevée, appuyée sur sa main et le considérant attentivement.

— Je ne dors pas, mon bon Jean, lui dit-elle d'une voix bien faible, mais touchante d'affection et de reconnaissance, et je ne suis pas morte encore... je me sens même mieux,— un mieux à gagner au moins quelques heures! — et je vais en profiter, c'est le ciel qui me les envoie.

— Il ne faut pas désespérer de la bonté

divine, ma cousine, répondit le prince qui
essayait une parole rassurante, demain,
sans doute, vous vous sentirez bien et déjà
plus forte.

— Je ne désespère pas de la Providence,
et j'y ai au contraire toute confiance;
mais c'est pour là-haut où je vais aller!...
Demain! pauvre ami, vous n'y croyez pas
plus que moi! oubliez-vous que tout-à-
l'heure je vous ai vu pleurer!.. Allons Jean,
donnez-moi votre main et approchez-vous
pendant que nous sommes seuls et que
Boris n'est pas là, il faut que je vous
parle!...

Le prince prit la main froide et trem-
blante qu'elle lui tendait, la porta pieusement à ses lèvres, et, sous la pensée d'un
devoir à remplir, surmontant aussitôt sa
douleur, il redevint calme, résigné et prêt à
écouter.

Nadine se souleva péniblement comme pour trouver une position plus commode, et après deux ou trois accès d'une petite toux sèche et sifflante, elle parut reprendre un peu de force, et de l'expression la plus touchante elle lui dit :

— Je m'adresse à vous, Jean, parce que vous êtes bon, que vous m'êtes dévoué, que j'en ai eu cent fois des preuves, et qu'ici, ce que j'ai à vous demander ne sera que la suite et la continuation de l'affection que vous m'aurez portée et qui m'a été si chère ! Vous connaissez toute ma vie ; depuis mes premiers jours d'enfance, je me souviens de vous comme d'un ami, et depuis que j'ai existé par le cœur, je vous ai toujours regardé comme un frère ; c'est même à vous, en quelque sorte, à qui je dois tout le bonheur dont j'ai joui, c'est vous qui l'avez deviné, c'est vous qui l'a-

vez fait, c'est vous qui l'avez amené à mes
pieds ! Vous savez comme depuis ce jour
où l'amour a rayonné sur mon âme, je n'ai
plus eu qu'une délicieuse pensée : Boris,
lui, toujours lui ! Pour lui, j'ai oublié tout
ce qui était moi ; je me suis reniée, je me
suis tuée afin de renaître et de revivre par
sa seule grâce. Oh ! c'est une bien douce
chose que d'être ainsi, et l'on revient, je
crois, à la nature des anges qui ne sont
aussi que par l'amour ! On vivrait cent ans
à cette lumière jaillissante ; mais si elle
vient à s'effacer, à s'éteindre, alors on
sent l'existence qui se retire, on meurt,
on n'est plus ! Tant que Boris n'a aimé que
moi, j'ai forcé la vie à me suivre et à respecter ma félicité ; quand Boris en a aimé
une autre, j'ai laissé aller la vie, et voyez,
elle s'en est allée vite !

— Boris n'a jamais cessé de vous aimer,

ma cousine, dit le prince, depuis que vous
êtes plus malade, si vous saviez comme il
souffre, comme il est malheureux, vous ne
l'accuseriez pas.

— Oh! je sais qu'il est bon, qu'il est
tendre, reprit Nadine, et je ne l'accuse pas.
Personne mieux que moi ne connaît sa
belle âme, et les trésors d'ange qu'elle ren-
ferme; mais c'est parce que je la connais,
comme si elle était mienne, que je n'ai
rien ignoré, que j'ai tout ressenti. Chaque
parcelle d'amour, qui s'est détachée de son
cœur, je l'ai vue tomber, et il n'y avait pas
à me tromper, car mes forces aussi tom-
baient avec chacune d'elles!.. vous ne com-
prenez pas cela, vous, mon cher Jean, c'est
une autre science que celle de l'amitié, et
je reprends ma première pensée. Le temps
me presse et à mon âge, on n'en a plus
beaucoup !

Cette allusion à sa vieillesse faisait mal, et le prince involontairement détourna les yeux.

— Je vais donc mourir, dit-elle avec la résignation la plus touchante et la plus généreuse, c'est mon dernier bonheur! Mais pour qu'il soit complet, il faudrait qu'il assurât celui de Boris, et par une sorte de fatalité, je crains de l'avoir rendu impossible; ils s'aimaient, j'en suis sûr, et pour moi, ils se sont sacrifiés!... et vous m'avez menti, prince, car à ce bal vous aviez remplacé Boris et non le vicomte... Le vicomte était au contraire celui qui m'avait menée près de vous; à mon lit de mort j'en ferais le serment... sa voix m'est restée gravée au cœur quand il me menaçait, et à force de la rêver, je suis certaine que c'est bien elle!!

—Comment, s'écria le prince avec effroi
et consternation, le vicomte serait l'auteur
de cette lâcheté, et c'est moi qui serais
cause...; oh! que dites-vous là, grand Dieu!

—— Mais non, ce n'est pas vous, c'est ma
jalousie, mon égoïsme, qui ont brisé à la
fois ces deux existences, qui ont jeté aux
bras de cet homme sans délicatesse, cette
pauvre Daria, qui m'a plus aimée que son
amour, et qui ont rendu à jamais malheureux mon bon Boris, seul, sans sa Nadine,
pour le consoler et lui sourire. Oh! c'est
pour me remplacer, pour l'entourer de
soins et d'affections, que je vous supplie,
mon ami, mon frère! Si vous n'êtes pas
avec lui, toujours, que deviendra-t-il? le
découragement, le désespoir peuvent s'em-
parer de son âme, et avec sa vive imagination, sa tête chaude, ardente, il est perdu!
N'est-ce pas? promettez-moi que vous ne

le quitterez pas, que vous le suivrez partout
où il voudra aller, que vous serez son com-
pagnon, son guide, son soutien. Je vous le
demande au nom de cette amitié si sainte
qui nous unit, vous lui parlerez quelquefois de moi, s'il s'en souvient... et de là-
haut, je vous verrai et cela me fera du
bien.

— Et quand je ne vous aurai plus, dit le
prince, en laissant tomber lourdement sa
tête sur ses mains et avec un geste de dé-
solation profonde, que ferai-je en ce monde?
quel lieu m'importera-t-il d'habiter? j'irai
où vous m'aurez dit d'aller, je serai l'ombre de celui que vous m'aurez ordonné de
suivre! Vous demandez que je ne quitte jamais Boris. Tant qu'il aura besoin de moi,
je serai là, je vous en fais le serment.

— Oh! merci, merci, mon frère, je me
sens plus tranquille, plus rassurée. Mais

à votre tour, ayez davantage de raison,
vous me faites mal avec ce désespoir. L'a-
mitié doit avoir une force morale plus
grande et savoir au contraire aider celui
qui part!!

— Oui, l'amitié, c'est ainsi! s'écria alors
le prince en se jetant à genoux avec une
sorte de délire, mais ce que j'éprouve, moi,
ce que j'ai toujours éprouvé, pourquoi le
comparer sans cesse à ce sentiment glacé?
Est-ce donc de l'amitié, qui au jour de notre enfance, me donnait déjà des accès de
joie folle à votre arrivée et de si grosses
larmes à votre départ! — qui, plus tard m'a
fait fuir subitement au Caucase, parce que
vous m'aviez oublié, et qui m'a ramené
près de vous, à peine étiez-vous veuve! —
Est-ce de l'amitié qui me faisait sacrifier
mon bonheur pour vous rendre heureuse,
et m'exilait à l'étranger pour avoir tou-

jours du courage! — Est-ce l'amitié enfin
qui, depuis que je me souviens, vous à fait
le soleil de mes jours, et le rêve de mes
nuits, qui fait que je vous invoque comme
le plus beau de tous les anges, que je prie
devant votre image chérie; — cette image
que je possède à l'insu de tous, qui fait
ma joie, ma consolation, et à qui j'ai dit
mille fois mes chagrins, mes souffrances,
mes tortures! — Oh! si c'est là de l'amitié,
mon Dieu, mon Dieu, qu'est-ce donc que
l'amour!!

Et le malheureux, à ce moment d'oubli
et d'égarement, la regardait avec des yeux
passionnés, des yeux qui lui parlaient en
une minute pour les tant d'années qu'ils
étaient restés silencieux!

Nadine, comme au sortir d'un rêve, semblait chercher dans la contemplation du

Christ, placé aux pieds de son lit, une inspiration pour soulager tant de douleur !

— Oui, mon frère, je comprends tout
maintenant, dit-elle, avec un accent qui
semblait demander grâce; je vous ai fait
bien du mal! pardonnez-moi, pardonnez-
moi!

— Nadine, est-ce à vous, grand Dieu! de
me parler de pardon, vous à qui je dois
tout ce qui vibre en mon cœur, vous dont
la voix, comme une sainte harmonie, a su
toucher ma nature brute et sauvage, vous
par qui j'ai vécu, par qui j'ai senti, par qui
j'ai deviné le ciel! N'est-ce pas à moi bien
plutôt à implorer votre pitié, car je vous ai
offensée, car dans un instant de folie, je
vous ai dit ce que vous deviez toujours
ignorer !

— Je l'aurais su quelques heures plus
tard.... là-haut !... dit Nadine en souriant

avec une expression angélique, mais je
n'aurais pu revenir vous remercier.... ou
vous pardonner... cela vaut mieux ainsi...
Et puis, me voilà bien sûre que vous ne
l'abandonnerez pas, lui! Ce n'est plus au
nom de l'amitié que je vous supplie!...
c'est au nom de cet amour dont la générosité ne s'est jamais démentie et qui sera
grand et sublime jusqu'à la fin!...

La figure du prince parut s'illuminer
d'un rayon de béatitude, et d'une voix reconnaissante et solennelle :

— Au nom de cet amour, Nadine, que
vous venez de sanctifier par ces douces
paroles, je vous jure pour lui un dévouement sans bornes, — et mettant la main
sur son cœur : D'ailleurs, vous ne mourrez
pas là, et près de lui ce sera toujours vous
que je verrai!...

Mais Nadine, que toute cette scène avait
épuisée, n'avait plus la force de répondre.
Elle laissa tomber languissamment sa tête,
et le prince ne saisit plus que ces mots en-
trecoupés :

— Oui, j'ai foi en vous, mais Boris,
Boris, où est-il ? qu'il vienne !

Le prince crut que c'était fini, il s'élan-
ça dans l'autre chambre, et avec une injustice d'insensé, il dit en réveillant son ami :
— Ce n'est pas l'heure de dormir, demain la journée sera assez longue. — Va
donc, elle se meurt, et la mort ne t'atten-
dra pas ! —

— Tu mens, cela n'est pas vrai, elle ne
peut mourir, s'écria Boris, et il se préci-
pita en avant, et avec une foi magnétique,
il se jeta sur le corps de la mourante,

en lui prodiguant les paroles les plus
tendres !

— Ma Nadine, mon aimée, s'écriait-il
avec la voix pénétrante et puissante de l'a-
mour,—reviens à toi, je t'en prie, on n'aime pas dans ce sommeil glacé, et tu sais
bien que ne pas aimer, c'est mourir ! Ouvre tes yeux si beaux, je veux les voir pour
prier Dieu ! reprends ce sourire charmant,
le reflet de mes joies et de mes fêtes ; c'est
moi, c'est ton Boris, celui à qui tu as dit
cent fois : — Jusque dans la mort, je t'en-
tendrai. —

Et il interrogeait avec terreur ses mains,
son cœur et son visage décoloré. —

— Elle revit, la voilà qui se ranime, s'é-
cria-t-il tout-à-coup... mon ami, regarde ses
joues, ses lèvres, elles reprennent leurs
couleurs, elle est sauvée!....

Il avait bien le désespoir encore, le malheureux ! car il croyait avoir tout gagné, en gagnant quelques secondes !

— Oui, je t'ai entendu, dit enfin Nadine en levant lentement ses lourdes paupières, et arrêtant fixement ses yeux sur lui, comme s'ils ne pouvaient plus se refermer en le regardant, ton nom a arrêté mon âme qui partait, et elle est revenue joyeuse pour te dire adieu. — Te voilà donc, mon Boris, c'est toujours toi, tu as bien voulu m'aimer encore pour cette heure d'éternelle séparation. Oh ! la douce pensée, et qu'elle va m'aider à bien mourir ! Ce matin le prêtre m'ordonnait la résignation, et je sentais en mon cœur par instants des mouvements de regrets qui me faisaient peur... Mais maintenant je ne regrette plus rien, j'emporte avec moi tes dernières et douces paroles.... et à présent

pourquoi pleurer? pourquoi ce désespoir
qui n'est pas chrétien? Je vais bien loin,
c'est vrai, mais je ne te quitterai pas par la
pensée. — De là-bas, je veillerai sur mon
Boris, j'endormirai ses douleurs, et je
prierai pour qu'il soit heureux!

La voix de Nadine s'affaiblissait de plus
en plus; cependant après avoir tourné la
tête comme pour chercher quelqu'un :

—Où est Daria, reprit-elle, je voudrais
bien l'embrasser!

— Me voilà, dit celle-ci, qui sur un
avis du prince venait d'arriver, et qui s'é-
tait tenue à l'écart pour ne pas gêner ce
dernier tête-à-tête conjugal, tous tes amis
doivent être près de toi et tu sais bien comme je t'aime!

— Oh! oui, je le sais, ma bonne Daria,
car ce que tu as fait pour moi, il n'y a
qu'un ange ou toi, qui pouvait le faire!

Hélas! pourquoi faut-il que je ne puisse racheter ton cruel sacrifice?—Dieu m'a laissée ici trop long-temps ; je meurs quinze jours trop tard....

Daria s'était jetée dans ses bras sans plus pouvoir parler, car ses sanglots l'étouffaient, mais la mourante s'empara de sa main, et la réunissant à celle de Boris :

— C'est bien comme cela, dit-elle, et c'est ainsi que je vous veux! laissez-moi que je vous bénisse !.. Pardonnez-moi, et ne m'oubliez pas ! Adieu, mes anges, adieu!!! Jean, veillez sur eux, vous me l'avez promis !

— Nadine! s'écria Boris avec un accent aussi déchirant que si son cœur se mourait avec elle.

— Je suis encore là, dit Nadine, dont la tête s'était inclinée sur le côté, et dont les

yeux s'ouvraient plus grands et plus im-
mobiles ; mais tout est trouble, je ne vois
plus!... Boris, ta main ; — oh! oui, je la
sens.... parle, ta voix m'est douce, me
berce.... les anges!... Boris!!

Et puis ils n'entendirent plus qu'un
vague murmure...... ils écoutèrent, et
rien!... rien!... plus un souffle... elle était
morte !....

Le prince, dont la force morale était revenue subitement en présence de ses de-
voirs, s'approcha pieusement, ferma les
yeux à celle qui n'était plus, et dit à Boris
et à Daria dont la douleur s'exhalait par
des cris aigus et déchirants :

— A genoux, et prions, mes amis, et

que nos voix montent avec elle auprès de
Dieu!

Et tous trois s'agenouillèrent en silence
autour du cadavre, et prièrent du plus
profond de leurs cœurs.

La prière est la plus belle de toutes les
consolations, car c'est encore une espérance!!....

.   .   .   .

.   .   .   .

.   .   .   .

— Eh bien! comment va cette pauvre
Nadine, dit la comtesse Voronine, en
voyant entrer le lendemain matin dans sa
chambre le vicomte, je voulais y retour-
ner un instant, mais madame Priatnoff est
venue me chercher de si bonne heure
pour ce bal de l'Hôtel-de-Ville que cela

m'a été impossible. — Du reste vous
venez sans nul doute m'en donner des
nouvelles? Le mieux se soutient, n'est-
ce pas, et le ciel qui protège les bons
de votre espèce, fait un miracle en sa
faveur?

— Hélas! non, répondit le vicomte; et
comme vous l'avez dit, les poitrinaires sont
des condamnés à mort qui n'en reviennent
pas! — Elle est morte cette nuit. —

La comtesse le regarda avec une fixité
dévorante.

— Morte! et vous êtes ici! Vous avez
peur, mon cher neveu, et vous venez me
proposer la paix.

— Et si cela était? dit le vicomte qui se
voyait pénétré. —

La comtesse le toisa de toute sa hauteur
et avec une dignité railleuse:

— Je vous dirais que le roi ne traite pas
avec son sujet, le seigneur avec son es-
clave, le bourreau avec sa victime. — Priez
Dieu plutôt qu'il vous fasse grâce ; il vous
a déjà si bien écouté !...

XIX

Le doigt de Dieu.

XIX

Il est certain que sur cette terre la justice de Dieu semble souvent bien injuste,
et que presque toujours les plus heureux
sont aussi les plus indignes. Le mal a la
chance ici-bas! Au jeu de l'humanité, on dirait qu'il joue à coup sûr; il a une veine
constante, une veine de fripon, et il en a
toute l'audace et toute l'insolence. Mais

pourtant, il arrive parfois qu'une main invisible change les dés, et au moment où il
se croit maître de la partie, il la perd tout
à coup et se trouve lui-même victime de ses
propres combinaisons.

Depuis la mort de Nadine, six mois s'é-
taient passés, et tout jusque là avait paru
seconder admirablement les plans et les
calculs de la comtesse Voronine. Le temps
du deuil officiel (ce temps que notre civilisation cherche à oublier le plus possible pour se mettre au niveau du siècle qui
va si vite, — et qui est encore trop lent
néanmoins pour la durée de la douleur!) Ce
temps-là venait d'expirer, et malgré les
obstacles que lui suscitait le vicomte, elle
l'avait si bien mis à profit que les choses
marchaient, glissaient naturellement vers
le but désiré.

Sous le masque de la bonté, la méchanceté de cette femme avait un avantage immense et pouvait défier les plus habiles. Toute
parole, toute démarche lui étaient interpré-
tées à bien, et où son adversaire n'osait
aller que dans l'ombre, elle se montrait la
tête haute et levée. — Dès les premiers
jours, après l'événement fatal, elle s'était
remise à l'œuvre, et pendant cette semaine
de larmes, où les amis pleurent avec vous,
mais ne consolent pas ! — Elle était venue
sous ce titre, témoigner à Boris l'intérêt le
plus tendre et le plus touchant, — et alors,
quand il avait commencé à revenir aux
choses de la vie, elle s'était trouvée toute
espèce de droit pour l'accaparer et le faire
sortir en sa faveur de ses désirs de solitude !

— Je ne veux pas vous distraire, lui
disait-elle, votre peine est trop naturelle,
mais je tiens à ce que vous ne vous lais-

siez pas abattre par le malheur et que vous
veniez reprendre avec nous un peu de courage et d'énergie; nous vous comprenons
si bien !

Et il n'avait pas résisté à tant d'affection
et de sollicitude , et il lui avait consacré
la plupart de ses moments; puis, peu à peu,
les jours avaient passé , et son caractère si
impressionnable, et de là si mobile , avait
repris le dessus.

Il était bien encore resté sur son visage
une teinte triste et mélancolique, mais
déjà son esprit recouvrait son ancienne
vivacité , et son cœur se rouvrait aux
rêves d'avenir. C'était le moment de
réveiller avec adresse des souvenirs qui
n'étaient qu'endormis ; et avec une précaution merveilleuse, son ancienne amie avait
fait glisser devant ses yeux cette Daria, la
sœur de celle qu'il regrettait tant ! Se met-

tant avec lui sur le pied des confidences, elle lui avouait, en se lamentant, qu'elle s'était bien trompée sur le compte de Vilmure, et que sa nièce était la plus malheureuse des femmes. Elle lui faisait remarquer combien ses visites étaient rares, tout en se gardant d'accuser la pauvre enfant d'ingratitude, mais en lui faisant entendre qu'une jalousie ridicule en était seule la cause. Le coup était ainsi porté. Boris, se trouvait remis sur la voie de son amour ! et après quelques semaines de cet intérêt de pitié, elle pouvait oser, en forme de repentir :

— Quel dommage que je me sois tant pressé, et comme elle eût été plus heureuse !

Et lui qui maintenant le croyait aussi, sentait son cœur bondir avec force et n'at-

tendait plus peut-être qu'une occasion
pour murmurer à Daria un regret, c'est-à-
dire un espoir !...

Jusque-là sans doute les occasions man-
quaient. Le vicomte, qui comprenait ce que
voulaient dire toutes ces nouvelles manœu-
vres d'amitié de la part de la comtesse, avait,
dès les premiers jours, signifié à sa femme :
qu'il n'entendait pas la voir aller souvent
sans lui chez sa tante , que le comte y passait sa vie, qu'il ne fallait pas donner au
monde le droit de faire des remarques; que
d'ailleurs , après ce qui s'était passé entre
eux, il avait le droit d'exiger cette petite
concession.

Et il n'y avait pas à dire qu'il ne prît pas
souci d'une peccadille conjugale: Avec une
Française, disait-il, cela pouvait conduire au
bonheur, tandis qu'avec une Russe, il était

averti,—la chose amenait séparation, et les
paysans en étaient fort aventurés ! mais son
esprit, d'habitude si pénétrant, s'était ici
grandement fourvoyé, et la jeune femme,
qui d'abord avait accepté dans toute son
étendue la position qu'elle s'était imposée,
commençait, par le fait même de cette méfiance, à trouver le joug bien pesant, et plus
d'une fois son cœur avait aussi tout bas
regretté ou espéré ! — Et bien mieux, ce
temps de réclusion ne pouvait durer. D'a-
près la convention faite au moment du mariage, Raoul et Daria devaient passer l'été
à la campagne que leur tante avait louée
près de Paris ; le comte Boris y était engagé
sans doute, et il devenait difficile et presque
impossible d'éviter une intimité si bien
prévue et si bien amenée. —

Oh ! la vieille comtesse était une habile

femme, et le vicomte, qui jusque là s'était
cru passé maître en roueries de tous gen-
res, et avec lequel elle jouait cartes sur table , désespérait , non de pouvoir l'emporter, mais même d'annuler la partie. Tout
allait à son gré et comme elle l'avait prédit.
— On aurait cru le destin!

Cependant, le prince Jean, cet homme qui n'avait en adresse que l'inspiration du cœur, était aussi tourmenté depuis quelque temps d'une pensée de lutte. Sans être initié à aucune de ces machinations infernales qui se tramaient autour de son ami, il comprenait vaguement qu'un danger le menaçait, et après la promesse qu'il avait

faite à Nadine, il regardait comme un devoir
sacré de sauver Boris. Il avait vu d'abord
avec peine cette affection de la comtesse,
qui lui paraissait trop outrée pour être naturelle, et il en avait fait quelques remon-
trances au comte; mais quand il s'était
aperçu qu'au lieu d'être écouté, l'intimité
ne devenait que plus grande, et qu'à cer-
taines de ses paroles, le malheureux en
était arrivé déjà à rêver d'impossibles folies, il s'était rappelé les terreurs de son
amie, et n'avait plus songé qu'à trouver un
moyen capable de parer à toutes conjura-
tions.

Peu lui importait ce qu'elles étaient; le
seul point à gagner était le bonheur de
Boris, et il le lui fallait, Nadine l'avait
voulu ainsi ! — Et devant son image si
chère, comme devant un autel, il l'interrogeait sans cesse sur ce qu'il devait faire,

en la priant de l'inspirer, elle qui était sa sainte, sa patronne et son bon conseil !

Mille projets plus bizarres, plus extravagants lui venaient chaque jour à l'esprit, mais chaque jour, il les rejetait ; car il lui semblait que ce visage charmant, qu'il contemplait, lui reprochait encore ses originalités, et lui défendait les moyens violents et énergiques, qui étaient si fort dans sa nature.

Un soir pourtant, Boris ayant été avec lui plus expansif que de coutume, et lui ayant parlé de Daria, comme d'une pensée qui venait peu à peu dominer son cœur,

au point que sans elle, il deviendrait le
plus malheureux des hommes, il se sentit
tout à coup frappé d'une inspiration sauveur, et à peine se trouva-t-il seul, que loin
de l'abandonner comme les autres, il vou-
lut sur-le-champ la mettre à exécution.

—Ce n'est plus toi, hélas! qu'il regrette,
ma Nadine bien aimée, s'écria-t-il en cou-
vrant son portrait des baisers les plus passionnés (car à cette heure, elle était bien à
lui, il était le seul qui ne l'eût pas oubliée!)
ce n'est plus par ton souvenir qu'il peut
être heureux, l'ingrat! Mais tu le savais, tu
l'avais prévu, et en mourant, tu as paru
un instant vouloir les unir! Eh bien, je te
comprends, tu m'as demandé son bonheur,
je le ferai.

C'est toi qui m'inspires, c'est ton amour,
sublime d'abnégation ! —

Et sans hésiter, il monta en voiture et se fit conduire à l'Opéra, où il supposait devoir trouver, pour ses plans, une occasion prompte et favorable. —

Quand il y arriva, le spectacle était commencé depuis quelque temps, on était dans
un entr'acte ; mais il y avait ce soir là si
peu de monde, tant la chaleur était étouf-
fante, que les corridors, le foyer étaient
presqu'entièrement vides de promeneurs.
Il entra dans la galerie, et braqua sa lor-
gnette sur une des grandes loges d'avant-

scène, mais elle était déserte, ces Messieurs
sans doute n'y avaient fait qu'une appari-
tion, et étaient déjà partis! — Enfin après
quelques tours çà et là, il désespérait de
rencontrer celui qu'il cherchait, et il était
prêt à s'éloigner, quand il aperçut, adossé
contre un des côtés de cette avance de velours rouge usurpant plus mesquinement
que royalement une partie du couloir, un
groupe assez nombreux, et dont le bruyant
annonçait du premier coup quelques seigneurs et maîtres de la maison. C'était en
effet un petit bataillon de la milice à gants
jaunes, qui pérorait là comme chez lui sur
les nouvelles du jour, et faisait des intri-
gues du monde et des coulisses un pot-
pourri assez divertissant.

— Ah! c'est vous, prince Roubetskoy,
dit quelqu'un de la bande, qui l'avait aussi
reconnu, — Quelle bonne fortune de vous

tenir dans ces contrées ! Depuis quelque temps, on ne vous voit nulle part !

— C'est que l'été, monsieur de Frenneville, on est et on n'est pas à Paris, reprit le prince en s'approchant. Je me suis laissé dire, qu'une fois le mois de mai arrivé, il est convenu qu'il n'y a plus personne ici, et que si l'on se rencontre, on se donne un bonjour de voyage, et voilà tout ! De ce côté, il n'est pas ville plus commode et moins exigeante.

— En effet, je ne suis moi-même revenu que depuis hier, dit le marquis d'Arvilliers, j'ai été passer un mois chez notre grand orateur, et je viens reprendre un peu d'air du pays.

— Pardieu ! je vous envie, mon cher marquis, s'écria Axanine, car on assure qu'on mène là-bas la vraie vie de château

avec tout son éclat, son luxe, ses joies, ses
fêtes, son indépendance et sa liberté. —
C'est quelque chose qui manquera à mes
études sur la France.

— Et dont je me fais fort de vous procu-
rer la jouissance pour peu que vous y te-
niez, reprit d'Arvilliers; le maître châtelain
est en hospitalité ce qu'il est en toutes
choses, d'une grandeur et d'une largesse
vraiment royale, et il est toujours enchanté
quand il peut faire à quelqu'étranger les
honneurs de son petit royaume. Je serais
d'ailleurs heureux que vous vissiez de près
cet homme si remarquable et qu'on est loin
d'apprécier à sa juste valeur. C'est une
âme souveraine, qui embrasse et domine
tout! C'est une sorte de protée merveilleux
qui change cent fois de forme, que vous
voyez en un jour grand seigneur, artiste,

enfant, conteur, tribun, et partout toujours
du génie, partout toujours roi ! Malheureusement, beaucoup de ses amis prennent
cette universalité pour une légèreté im-
pardonnable, et en lui accordant son immense talent, lui nient la profondeur politique;

Mais lui, s'inquiète peu de qui ne le
comprend pas et poursuit sa pensée d'a-
venir.

Ses ennemis le jugent mieux, ils voient
cette force géante qui les pousse et les menace et ils en ont peur !

— Ma foi, mon cher, si tu te mets dans
les portraits politiques, reprit de Vilmure,
qui était appuyé nonchalamment contre un
des piliers, je te tire ma révérence.

Tu t'es fait en quelques semaines province en diable, façon d'électeur ou éligible

— Et toi, tu te perds depuis que tu es
marié! tu es, je le parierais, abonné à la
Gazette de France qui renie aujourd'hui
celui qui l'a toujours défendu. Et, du moins,
es-tu resté le journal vivant des nouvelles
de la cour Saint-Germain et Moscovite?
Voyons, que s'y passe-t-il?

— En effet, que s'y passe-t-il? répéta
avec empressement le prince, dont la nature semblait devenue singulièrement curieuse.

— Un instant de patience mon cher prince, quand vous êtes apparu, il en était question, et ce n'est pas ma faute si votre arrivée a amené chez d'Arvilliers tous ces coups
d'encensoir de digestion. — Le Saint-Germain s'est dispersé soit aux eaux, soit à la
campagne, mais le Moscovite est encore
en force.

Il donne prodigieusement cette année
dans la colonisation aux environs de Paris, dans ces nids à poussière qu'on a dé-
coré du nom de villas. Quant aux amis, il n'y
a que Douboff et Barischkine qui veuillent
tous les jours partir pour Bade, mais ils
tiennent ici à quelque fil mystérieux, et ils
ne bougent pas.

Je croirais fort que la petite marquise
de Mallepoix...

— Il est vraiment inconcevable de voir
la légèreté avec laquelle aujourd'hui on
jette en avant le nom d'une femme, interrompit le prince avec l'expression d'un
dédain presqu'impertinent.

— Vous avez tort de prendre son parti,
mon très cher, reprit le vicomte, qui loin
de se fâcher trouvait au contraire la bouta-
de assez plaisante, — ma jolie cousine est à

la hauteur des lionnes du jour; elle affiche
cés choses-là, et plus on lui en donne, plus
elle en rit...

Mais à propos, il faut que je vous raconte la mésaventure du petit baron de
Méline.

Le pauvre garçon se coule! il est amoureux !

— Que lui est-il donc arrivé? fit-on en
chœur.

— Au milieu de l'hiver, à peu près, à
l'époque où j'entrais dans la grande con-
frérie, ce qui me donnait peu de temps
pour penser aux amis, la superbe comtesse
Lioubaskine trouva le jeune homme à son
gré, et comme chez elle, ces sortes d'affaires
ne traînent pas en longueur, aussitôt rêvé,
aussitôt pris.

Jusque-là, tout était très bien, on peut et sans trop de mauvais goût se laisser confisquer, un mois durant, au profit d'une jolie femme. — Et la belle l'avait, je crois, compris ainsi ! mais ne voilà-t-il pas que mon novice se prend d'une passion sérieuse et furieuse, et devient, au temps de la satiété, d'un insatiable déplorable ! Il veut à toute force rester en pied, seul et unique propriétaire de sa séduisante maîtresse.

. La comtesse, peu faite à ces invariabilités amoureuses, se fâcha d'une passion si tyrannique et de si mauvais goût ; ce qui fait qu'un beau jour, pour mieux le punir, au lieu d'un remplaçant, elle lui en donna deux !

Hier, il est venu me conter son malheur, qu'il a su par je ne sais quelle trahison de chambrière. — Il m'a demandé conseil, et je lui en avais donné un fort sage et fort raisonnable, mais le petit saint n'a pas voulu le suivre sous de faux semblants de délicatesse.

— Et ce conseil ! dit le prince qui paraissait vivement intéressé.

— Si tu veux à la fois te venger, lui disais-je, et peut-être arrêter pour quelque temps ses fugues sentimentales, le moyen est assez simple: comme chez elle, ses caprices tiennent d'une sorte de rage, et que les deux nouveautés dont il est question, sont, il me paraît, dans le plus bel accès, il serait assez bien de l'en sevrer tout-à-coup.

Or, ces deux messieurs étant tous deux fort ignorants, et de leur bonheur mutuel et du tien, il est facile, par une lettre anonyme, de les convoquer chacun à un lieu marqué, où ils devront la trouver avec un amant.

Cet amant sera toi, et de là, superbe coup de théâtre!... la charmante, bafouée, ridiculisée et trop heureuse de se rejeter dans tes bras !

— Je remercie de Méline d'avoir refusé un pareil guet-apens, dit le prince de l'expression la plus méprisante, c'eût été là une infamie, comme le conseil est une véritable lâcheté.

—Prince, vous oubliez et vous ne savez pas ce que vous dites, s'écria Axanine en se jetant au devant de lui.

— Je sais très bien ce que je dis, prononça le prince d'une voix plus ferme encore, et je le répète, le conseil de monsieur le vicomte est une lâcheté !

Tous se regardaient avec malaise et attendaient consternés.

Le vicomte avait pâli, mais n'avait pas fait un mouvement.

—Monsieur cherchait une leçon, dit-il avec une froide ironie, il n'avait qu'à le dire plus tôt. — Je suis toujours au service de mes amis ; à quelle heure... et où vous plaît-il ?

—Tout ce qu'il vous conviendra, dit le prince...

—Alors, au bois, à la porte Maillot, au pistolet, à sept heures : il faut, quand on est marié, finir ces choses-là pour le déjeûner.

Le prince salua; Axanine, et deux autres Russes qui étaient là, le suivirent.

—C'est un véritable fou, dit le vicomte, on ne devrait pas laisser sortir ces ours-là. Allons messieurs, rentrons-nous dans la

loge? vous savez que ces demoiselles dansent mal, quand nous ne sommes pas là !

. . . .

. . . .

. . . .

. . . .

Le lendemain, quelques minutes avant l'heure indiquée, deux fiacres arrivaient presqu'en même temps au lieu du rendez-vous.

De l'un d'eux, descendit avec une agilité toute insouciante, un jeune homme : c'était Frenneville. Il s'approcha de la portière de l'autre voiture et dit à Axanine, qui s'était penché en avant.

— Nous allons, mon cher comte, si vous

le voulez, prendre les devants, car vous
ne devez pas savoir beaucoup ces che-
mins-là.

Vous nous suivrez, il faut s'enfoncer
davantage dans le bois.

— A merveille, monsieur, répondit Axanine, nous vous suivrons.

Frenneville donna ordre au cocher, reprit sa place à côté de Vilmure, et les deux
fiacres, à la suite l'un de l'autre, s'avancè-
rent dans la forêt.

On arriva à un petit massif de sapins,
assez sombre. L'endroit était désert, et à
l'abri de tous regards. On fit halte, et les
deux adversaires et les quatre témoins se
trouvèrent en présence.

Et c'était entre ces deux groupes un sin-

gulier contraste! — de Vilmure, d'Arvilliers,
et Frenneville, sans avoir rien de souriant
dans les idées, avaient une assurance lo-
quace et élégante; — Roubetskoy, Douboff
et Axanine, sans être inquiets de ce qui
allait se passer, étaient froids, graves, silencieux.

Le vicomte affectait la parole haute et
railleuse, et semblait peu préoccupé de l'issue du combat. Le prince avait le calme qui
commande au danger, et paraissait attendre avec confiance ce que le sort allait décider.

En présence de la mort, les deux natio-
nalités reprenaient leur véritable caractère.

Ces Français, la veille encore si dégé-
nérés jusque dans leurs ridicules, redeve-
naient les gentilshommes d'autrefois, bra-

ves jusqu'à la folie! — et ces Russes, imitateurs prétentieux de nos manières, rejetaient leur masque d'emprunt, et se montraient dans leur nature âpre et sauvage, mais forte et courageuse.

— Prince, dit d'Arvilliers en s'avançant vers Roubetskoy, hier, vous avez insulté gravement le vicomte, mais cependant je croirais manquer à mon devoir, si je ne faisais une tentative afin d'empêcher deux galants hommes que j'aime de se tuer pour un mot de vivacité, et que, déjà sans doute, vous regrettez.

— Je ne rétracte jamais mes paroles, monsieur le marquis, dit froidement Roubetskoy.

— Mais enfin, prince, insista d'Arvilliers, cette histoire ne vous regardait pas, et j'ai peine à concevoir.....

Le prince sourit légèrement, comme d'une idée bizarre, et reprit :

— Qu'en savez-vous, marquis? on n'a pas nommé les rivaux de monsieur de Méline.

D'Arvilliers fit un mouvement d'étonnement.

— Je comprends tout, maintenant, dit-il.

Le prince sourit encore et ajouta :

— Vous voyez alors que toute pensée d'accommodement est inutile. Arrangez, je vous prie, les conditions avec mes témoins.

Je les accepte toutes, pourvu qu'elles soient sérieuses. Je n'entends pas ici un combat d'enfant, une occasion de déjeûner.

— L'enfant de Paris se bat comme un

lion et mange comme un ogre, s'écria
Frenneville avec une superbe incrédulité
au malheur, et nous allons, s'il plaît à
Dieu, le prouver tout à l'heure... Vous avez
affaire à forte partie, mon prince, et m'est
avis qu'un déjeûner nous ira mieux qu'un
médecin.

— C'est peut-être un prêtre qu'il vous
faudra, Monsieur, dit le prince, et il fit
quelques pas en avant.

— Il est lugubre comme un enterrement,
il a déjà l'air de porter son deuil, dit le
jeune fou en s'approchant des témoins du
prince.

Les conditions furent bientôt faites ;
Douboff et Axanine s'étaient bornés à répéter les paroles de Roubetskoy.

— A trente pas l'un de l'autre, et s'avancer jusqu'à dix. — Tirer à volonté.—

On chargea les pistolets.

On mesura les distances.

Pendant ce temps, le prince se promenait lentement et la tête baissée.

Le vicomte avait tiré un journal de sa poche et paraissait lire avec assez d'attention.

Tous deux pourtant éprouvaient au fond de leurs cœurs un même sentiment, un certain mouvement de peur ; le premier, de ne pas réussir en son projet, — le second, de voir son avenir tranché par un sot propos... quant à la mort, ils n'y pensaient pas !

Les témoins leur firent signe. Ils se placèrent.

—Ma foi, mon cher, dit Frenneville, en remettant le pistolet à de Vilmure, je ne sais pourquoi vous n'avez pas choisi l'épée.

C'est au moins l'arme du gentilhomme. Elle vous tue noblement.—Celle-ci vous défigure impitoyablement et n'a aucun respect pour la vanité de nos maîtresses.

— Je joue bien également à tous les jeux, Frenneville, dit le vicomte; le pistolet est une habitude russe.... Monsieur est chez nous, j'ai dû lui faire les honneurs.

Allons, éloignez-vous, — d'Arvilliers, donnez le signal.

Douboff avait aussi remis le pistolet à Roubetskoy, mais sans lui dire un mot, et seulement en lui serrant la main.

Il se fit un grand silence.

Le vicomte et le prince commençaient à marcher.

Après cinq pas de part et d'autre, Vilmure leva son pistolet et visa.

Le prince en fit autant.

Le vicomte ne tira pas, il avança encore.

Le prince suivait chacun de ses mouvements et semblait le guetter comme une proie.

Enfin le vicomte, impatienté de cette manœuvre, s'arrêta et ajusta avec une sécurité effrayante.

— Il est perdu, s'écria Axanine. —

Et au même instant un coup retentit.

Mais c'était du côté du prince qu'il était parti.

Celui-ci, avec la rapidité de l'éclair avait

devancé le vicomte, et avant qu'il n'eut pressé la gachette, lui avait logé sa balle au milieu du front.

Le vicomte fit deux tours sur lui-même et tomba sur le canon de son pistolet. Tous coururent et s'empressèrent de le relever.

Il était mort!...

. . . .
. . . .
. . . .

— Ce pauvre Vilmure, s'écria Frenneville avec consternation et stupeur, c'est
épouvantable de mourir ainsi! et quand je
pense que c'est pour je ne sais quelle sottise de lettre anonyme!

— Les lettres anonymes, murmura d'Arvilliers avec tristesse, ont eu une singu-

lière influence sur sa destinée. — La première lui a donné sa femme, et la seconde
la lui a ôtée. .   .   .   .

.   .   .   .

.   .   .   .

.   .   .   .

— Par quel hasard viens-tu me réveiller de si bon matin? dit le comte Boris, encore couché, en voyant entrer dans sa chambre, le prince Jean. — J'étais au milieu d'un rêve délicieux... Mais qu'as-tu? tu es d'une pâleur mortelle, et ta figure a quelque chose de solennel qui fait peur!

— Écoute, Boris, au lit de mort de Nadine, je lui ai juré d'être non-seulement pour toi un ami dévoué, mais de te consacrer ma vie, de la sacrifier même si elle était nécessaire à ton bonheur. — Pendant six mois, je t'ai suivi pas à pas, à l'heure de la douleur, j'ai pleuré avec toi; à l'heure de la consolation, je me suis fait ton frère, pour te forcer à reprendre courage; à l'heure de l'oubli, j'ai partagé tes idées d'espérance et d'avenir. Mais un jour, des souvenirs d'un amour fatal se sont réveillés en ton cœur, et toute ma sollicitude vint se briser là. Je suis resté, deux mois peut-être, à te voir d'avance malheureux et coupable, sans pouvoir trouver une chance de salut. enfin hier, le ciel ou l'enfer m'ont inspiré. — Un seul obstacle te gênait. — C'était un homme, il fallait t'en débarrasser, et alors...

— Tu lui as cherché querelle? dit Boris
avec anxiété.

— Hier soir, et ce matin... je l'ai tué. .

. . . .

Maintenant ma mission est remplie. Dans
quelques mois tu seras heureux, et tu n'as
plus besoin de moi. Tu connais mes goûts
sauvages, mon antipathie du monde. Je
vais quitter la France et me retirer je ne
sais où, dans quelque coin éloigné, désert,
le plus loin possible des hommes, de la
société.

— Ces projets sont absurdes, mon cher
ami, ce départ est une folie!

— Je pars dans une heure.

— Mais enfin où t'écrire? quand te re-
verrai-je?

— Mort pour tous! Jamais!!!

Épilogue.

De tous les étrangers qui viennent à Paris, les Russes sont ceux qui s'y plaisent le plus et y restent le moins. Chaque année ils apparaissent comme de brillants météores et disparaissent de même. Il y a toujours bien à poste fixe un fonds de colonie pour recevoir les nouveaux arrivants : — un fonds de bas-bleus, qui tient

bureau de bel esprit pour les curieux de
littérature ; — un fonds de mystiques, qui
tient un salon-catéchisme pour les ama-
teurs zélés de sermons; —et un fonds d'ambassade qui tient maison ouverte... pour
la signature des passeports! Mais ce n'est
pas dans ce matériel inamovible, dans ces
trois catégories bien tranchées, qu'est la
vie, l'éclat, le mouvement de la société
russe; c'est dans cette nuée d'oiseaux de
passage qui s'abattent chaque hiver sur les
bords de la Seine, et qui, après y avoir se-
coué leurs ailes chargées de paillettes d'or,
reprennent leur vol pour d'autres contrées.
Ce sont eux à qui tout Paris fait fête, parce
qu'ils fêtent tout Paris; ce sont eux qui
donnent la vogue, la rage cosaque, comme
disent nos dames, et qui menacent nos
modes d'une nouvelle invasion.

On ne peut plus se passer nulle part de ces princes et princesses russes. Le faubourg Saint-Germain en invite, l'arsenal littéraire en recherche, la Chaussée-d'Antin en espère, le commerce en rêve et la cour philippienne en mendie !

Et il n'y a pas à dire qu'ils n'aient encore la chance pour longtemps ; car elle est dans leur nature même, en se renouvelant sans cesse, ils ne s'usent jamais.

Nous avons vu en mil-huit cent et tant (j'ai oublié le chiffre, mes lecteurs Russes sont priés de l'écrire pour moi), comme ils étaient courus, recherchés, comme on en raffolait ! Eh bien ! l'année suivante ne devait pas être pour eux moins resplendissante et étourdissante.

Le règne Voronine allait, il est vrai,

quelque peu vers son déclin; mais celui
d'une belle princesse Nastasie Zaïtzine,
commençait d'une manière merveilleuse
et promettait à la colonie de nouveaux
succès, de nouveaux triomphes. On ne
parlait plus déjà que de ses bals, de ses
raoûts, de ses fêtes, et c'était à qui aurait
la gloire d'y être invité ; il y avait surtout
les petits soupers qu'elle avait rétablis et
qui faisaient l'ambition générale ; c'était,
disait-on, un délicieux ressouvenir d'autrefois, on y retrouvait ce parfum, cette
fine galanterie de nos beaux jours, quelque
chose qui pouvait presque rappeler Trianon,
— et de plus, au dire des gourmets, la chère
la plus exquise et la plus délicate, des édi-
tions de Lucullus magnifiquement illustrées!

Les non privilégiés répandaient bien
par dépit contre ce modèle de grâce et

d'élégance, je ne sais quelle fâcheuse histoire qui l'avait séparée de son mari; mais
le prince était si bon, si plein de défé-
rence, si aux petits soins pour elle, qu'il
n'y avait pas possibilité de croire à d'aussi
sots propos, et cette envie méchante ne
faisait qu'ajouter encore à sa gloire et à sa
renommée.

Or, à un de ces soirs, charmants d'intimité, un de ces soirs qu'on était dix ou
douze, pas davantage, et que déjà jusqu'à
une heure, on s'était oublié à causer, il
prit tout-à-coup fantaisie à la nouvelle
reine de prolonger la veillée, et l'électri-
cité de sa parole ranima ainsi, comme par
magie, la conversation qui languissait et
penchait au sommeil.

— C'est donc un adieu définitif et sans
remise, mon cher Rousnikoff, dit-elle,

vous partez malgré vents et marée; au beau milieu de janvier. Vous allez vous geler par partie de plaisir! c'est vraiment de peu de raison, et vous auriez bien mieux fait de rester avec nous, ici, où l'hiver est aussi doux qu'un printemps.

— Parlez-moi du regret de vous quitter, princesse, dit le vieux comte, avec la politesse du temps passé, et je vais me trouver d'une déraison de vingt ans, mais faites-moi grâce de votre printemps éternel, la plus perfide des plaisanteries parisiennes. Mon premier essai m'a valu un rhumatisme abominable, et je ne veux pas me risquer une seconde fois. Je tiens à revoir la patrie avant d'être perclus de tous mes membres.

— Il faut que vous ayez fait faire ce rhumatisme exprès pour vous, mon cher,

avança Boltounoff en souriant, et cela rien
que pour le plaisir d'un grief de plus contre
la France.

—En effet, on se chauffe si bien dans les
maisons, reprit aigrement Rousnikoff à son
antagoniste ordinaire, que la chose serait
difficile à attraper! Non-seulement on n'y
a pas de poêle, mais toutes les cheminées
fument, et si vous vous plaignez au propriétaire, il vous répond tranquillement :
Établissez un courant d'air, ouvrez la fe-
nêtre!

— Il est certain, dit Barischkine, que la
plupart des cheminées jouissent ici de cet
inconvénient.

— Et comment voulez-vous que ce soit
autrement? Leurs fumistes viennent justement du seul pays où l'on ne fait jamais de
feu. Ils sont tous Italiens!

— La remarque est bizarre, s'écria Boltounoff, et je vous pardonne celle-là, mon
cher; si vous n'étiez jamais plus injuste pour
ce beau pays....

— Je ne suis jamais injuste, interrompit
impatiemment Rousnikoff, mais je ne partage pas vos illusions. Je vois ce qui est,
et quand je trouve le climat de Paris détes-
table, je ne puis pas admettre ceux de
nos compatriotes qui y viennent sous le
prétexte de la plus merveilleuse tempé-
rature.

Et voyez cette pauvre comtesse Ludmiloff, qu'on avait envoyée ici pour la gué-
rir. Elle était fraîche et rose à son arrivée, et en quelques mois votre beau ciel
l'avait tuée.

— Hélas! depuis longtemps elle était
condamnée par tous les médecins, reprit

Boltounoff; elle serait morte un peu plus
tôt à Pétersbourg, et voilà tout. — Ah!
princesse, je suis fâchée que vous ne l'ayez
pas connue. Elle était charmante. C'était
une femme qui vous aurait été toute sym-
pathique.

—On dit, en effet, qu'elle avait un
attrait irrésistible, répondit la princesse,
et je l'ai regrettée sans l'avoir jamais connue.

Mais son mari, le comte Boris, est-il
toujours ici? On m'en avait fait un héros
de roman à désespoir éternel, et j'entends
de tous côtés dire qu'il se remarie. —

— Oui, mais ce mariage n'est qu'une
demi-infidélité, dit Rousnikoff, il épouse
l'amie intime de sa femme, la nièce de la
comtesse Voronine.

FIN.

TABLE

DU DEUXIÈME VOLUME.

—

SCEAUX. — Impr. de E. Dépée.